FLORET
READING

小花阅读

我们只写有爱的故事

青春阅读　幸得相见

大鱼

有爱的青春陪伴者

『你再等等我，等我下次再过来，事情便都解决了。以后我们好好在一起。』

——《叫我余仙师》

顾归鸿却转移话题，抓着她的手也没放开：『你看，月亮已经升上来了，让我想起一句诗。』

『什么？』

『花有清香月有阴。』

春宵一刻值千金，花有清香月有阴。

——《折枝记》

岁岁长相思

小花阅读 著

百花洲文艺出版社
BAIHUAZHOU LITERATURE AND ART PRESS

“上马做什么？”
他的声音模糊：“上马……”
她没听清整句话，于是追问一声：“嗯？”
得到的是依旧不清晰的发音，可这回她听清楚了。
眼前的人说，上马带你私奔。

——《度情》

遇到她之前，他从未想过，成亲之事。
遇到她之后，他心里暗誓，他的娘子唯有她一人，无论生老病死。

——《彼时花落不相逢》

目录

桃花源

折枝记

目录

待君归

桃花源

上神别跑呀，
我要嫁给你！

SUISUI
CHANGXIANGSI

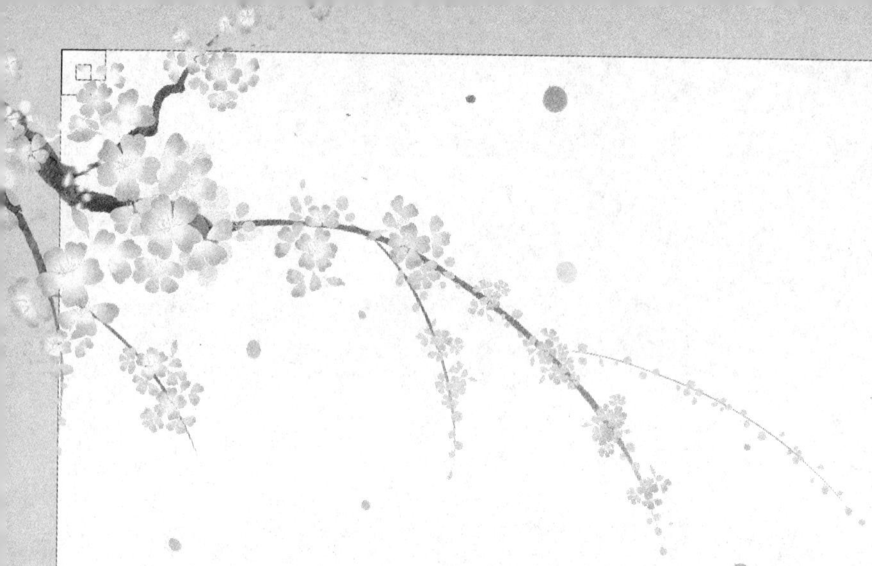

帝君大人要抱抱

文 / 槐柠

我止住他的话，定定地望着他：“那你以后还会抱我吗？”

他动人的眉眼微微弯起，一个温柔的吻落至唇瓣。

“会。”

【一】

我成仙的那一日，据说天界所有好奇心旺盛的神仙都来了南天门，为的就是看我这个热闹。

虽说修炼多年，可我也是头一次见神仙扎堆出现，心里胆怯得很。

想着让羿仁帮帮忙，他却望着司弘上神伟岸的英姿，甚为着迷，全然把我这一个时辰前号称要“生死与共”的战友忘了个彻底。

好在受羿仁仰慕的这位司弘上神倒是颇为靠谱，只见这位人高马大的神君往人前一站，横眉竖目地冷哼道：“本君久战沙场未归，倒不知如今天界懒散淫逸之风盛行，连株含羞草成仙都要过来凑个热闹，看来是时候上报天帝好好整顿众仙家这不正之风了。”

司弘上神在天界资历颇高，那些神仙一听司弘开口，连忙讨饶，四下驾云各回各处司职去了。

不过这也怪不得他们，毕竟我是开天辟地以来第一株成仙的含羞草，自然有些稀罕，等这新鲜劲儿过了就好。

谁知红颜祸水，此后我被众仙家八卦的时日只长不短。

浩荡的九重天之上，灵气盎然，仙雾缭绕，一草一木，一砖一瓦，皆内蕴五彩华光。初入天界的我好似凡间话本中进了大观园的刘姥姥，对一切事物都好奇、兴奋，恨不得将这些华美的宝物全揽入怀中。

远处一抹泛着绛紫色的流光由远及近，宛如一颗流星那般耀眼夺目，近了仔细一瞧才看清是一位俊美的仙家。不知怎的，一见到他，我那颗一个时辰前才凝聚的仙心突然剧烈地跳动起来。

第一次遇见这种情况，我慌张地捂住胸口，生怕刚成就的仙心飞了出去。不知是否我过于紧张花了眼，遥遥半空中，那双深蕴星空的眸子似乎望向了我，然而那仙家转瞬便飞远了，我看得不太真切，也没多留意。

不知不觉过了三个月，在羿仁的帮助下，我顺利成为老君府上的一名仙侍，做些招待求药之客和送丹的杂务。一来二去，我便很快与大部分神仙熟络起来，经常无事时与众仙饮酒作乐，日子过得十分快活。

难怪凡间每个人都那么努力修炼，为了成仙六根清净，原来做仙如此逍遥自在，我不禁暗自庆幸。至于那位仙家，不知为何，他的身影自我飞升那日初见后我便时常想起，仙心总会变得温热、跳动剧烈。

虽然我尽量让自己淡忘此事，但时日越久，越发恼人，连同我一块喝酒的几位仙家都看出了端倪。

火苗童子最先向我探询："甘凝，最近可有不顺心的事？"

"是啊，我看你这几天脸色差得很，初来天界必有诸多烦恼，憋在心里难受不如跟我们倾诉，多少让我们帮帮你。"钧芜仙子也应和道。

我心中颇为感动，想不到酒肉朋友们竟如此体贴关照我，于是我把自己见到一位仙家心跳加速的事一五一十地说了出来。

不知为何，听完我的烦恼后，他们像打了鸡血似的，风风火火地就要拉着我去月老府上求一根红线。

我对他们口中的什么一见钟情、少女怀春一概不知，但也想找到自己心跳加速的答案，便任由他们带着。

【二】

月老府上人声鼎沸，全场的仙家个个不怀好意地盯着我，特别是一些仙女，目露凶光，恨不得将我生吞活剥了。

大厅半空中悬浮着金光灿灿的“甘凝”与“渊华”四字，一缕缕纤细的红线将它们紧密连接在一起。

我扯扯火苗童子的衣袖，小心翼翼地询问这状况为何，不就是见了渊华帝君后心跳加速，以及我的名字和渊华帝君的名字之间有根红线连着？从前做草的时候，我还经常看到爬山虎、菟丝子它们缠着树木不放呢。

火苗童子紧张兮兮地用传音秘术向我解释。

原来渊华帝君是从天地间第一只凤凰陨落之地诞生的一团先天火灵，本应按照天道意承袭火神之位，谁知在化形之时受了一缕天魔之气污染，变成了非仙非魔的存在。因此他记恨魔族，帮助天界打了无数胜仗。为感其功，天帝封他为帝君享受清福。不过因为魔气在身，渊华帝君很少与仙家们打交道，担心误了他们的修行。

我不解，这不是跟几位上神的故事异曲同工吗？那又与我有何干系呢？

“你这就有所不知了，当世的几位男上神中只有司弘与渊华是暗蕴桃花的命数，司弘又是个五大三粗的络腮胡大汉，这些单身的仙女自然芳心暗许俊美的渊华帝君了。再加上蓉婵上神与渊华帝君私交甚好，你这情动的对象，可真不是个合适的人啊。”

我还欲追问蓉婵上神的事，大厅中的月老却是一声轻咳，和和气气地将众仙遣散，又将我单独留下。

拥挤的大厅一下子变得空荡寂静，唯有“甘凝”“渊华”四字孜孜不倦地发着微光。

月老伸手轻招，“甘凝”与“渊华”便分别落进了他的左右手。

“小友，你可知这红线为何物？”月老笑着问我。

见他语气温和，我也放下些许紧张，大胆地回道：“不知！”

“哈哈，看来小友有颗赤子之心哪。世间精怪草木，人妖鬼神，皆有缘法，我这红线便是指红尘之缘。”

红尘之缘……我望着月老手中的红线不断在四个字之间交织纠缠，看得实在眼晕，一堆晦涩难言的想法在脑中盘旋，加上来之前喝的仙酒后劲十足，最后看了眼那和我之名缠绕着的名字，我便失去了意识。

很久以后我才知道，那天昏迷后，月老轻抚着我的额头画了道灵符，独自对着大厅轻轻地叹息道："他为了这片天地安宁付出了太多，孩子，不要再让他孤单下去了。"

宿醉后，我正在梦里享用着美酒佳肴，忽然被羿仁急匆匆地晃了起来，到嘴的鸭子全飞了。

"我的仙童哥哥，你莫不是忘了今日休假？干吗来叨扰我做美梦，当心我在司弘神君前告状，说你是个爱吵闹的男子！"我擦了擦口水威胁道。

羿仁一听这话瞬间动作轻柔："你当知晓我是何人，自是不会在上神面前胡言乱语。只是这渊华帝君要的是草木之灵炼制的丹药，全老君府也只有你是木灵成仙能施法保药性不损，因此……"

因此，一个时辰后我便端着丹药出现在渊华宫前，由一位清丽秀雅的侍女姐姐引我见帝君。

说来天界大大小小的神仙我不说都交好，也起码混了个脸熟，唯独这渊华帝君难觅其踪。偏偏他既是我红线连系的对象，又是那天我惊鸿一瞥的紫衣仙家。

我偷偷瞄了眼侍女姐姐，她看起来端庄优雅，与天界的其他仙女姐姐并无不同，想来是昨夜的八卦还需一段时间酝酿发酵。幸好幸好，如果消息传得太快，那我现在怎么还敢往帝君寝殿走，这简直比狐狸精还狐狸精啊！

入了帝君寝殿，侍女姐姐便退了下去。

想必是因帝君深居简出的缘故，这寝殿装潢得十分别致。大到墙壁上栩栩如生的凤凰雕塑，小到我此刻踩着的朱雀羽毛编织的地毯，无一不彰显着帝君大人的身份高贵、财力雄厚。

床榻上被华光纱帐遮掩的男子慵懒闲适地侧躺着，我心里默念了几遍大悲咒，清了清嗓子："小仙乃老君府甘凝仙侍，特来为帝君送……送拒绝抱抱丹？"看到瓶子上仙丹的奇葩名字，我不禁提高了分贝。

意识到自己的失态，我刚想道歉，却没想到一阵劲风袭来，一个炽热的怀抱将我紧紧环绕，男子粗重的喘息似乎吹进了我心里，让我的仙心忽然剧烈地跳动起来。

我有些晕晕乎乎，帝君这……莫非当初他中的是淫魔之气？

【三】

殿中造型精美的凤凰香炉不断地升腾着安神静心的袅袅檀香，但明显无甚作用。我简直欲哭无泪，只是来送个丹药竟被堂堂帝君轻薄，这番情景若在凡间的话本子里，必定是判我不知羞耻勾引上神。

我偷偷盘算着此时用毕生功力打飞渊华的利弊，又瞥了眼容颜惊人的帝君，生生制住了自己不理智的想法。

这时，渊华帝君忽然发出一声沙哑的呻吟，似乎勾起了我成仙以来压抑许久的含羞草本能，一股灼热的欲望驱使着我把手放在帝君背上，缓缓摩挲。

他只着一身轻薄的亵衣，硬朗的肌肉线条触手可及，除此之外，还有一道道狰狞的疤痕。

渊华一直微闭的双眸陡然睁开，吓了我一跳。他盯着我，咬牙切齿道："纵使本座毒性发作，也不是什么东西都能轻薄到我身上来的，还不松手？老君净养些狐媚子，祸乱天界。"

嘿，这团几十万年的破柴火还真是什么都敢讲。明明自己人前君子，人后痞子，却污蔑我是狐媚子！想想除了二百年前那件事，无论是做草做妖还是做仙，我就没被人占过便宜，孰料今日竟被个"老头儿"揩了油，还被强权压制。

我当下气性上头，一双手将渊华抱得更紧了，嘴上也丝毫不让步："小仙并非狐媚之流，是开天辟地来第一株化仙的含羞草。平日小仙也是知晓自己爱拥抱事物的本性，所以不与人过多接触，但如今可是帝君先轻薄于小仙的，自然是怪不得小仙了。"

听我解释完，渊华清冷的脸上竟飞起两团红霞。见了此景，我不禁啧啧称奇，天底下竟有这般占其他姑娘便宜自己还害羞的男子，真是天界大了什么样的仙都有。但渊华帝君的脸皮之厚实乃我平生之罕见，明明红脸红了许久，他却依然没有松手的意思。

好吧，那我也舍命陪君子。

于是，侍女姐姐进来便见到我俩紧紧相拥的不堪景象，她显然是头一回见自家主人做此龌龊之事，瞪着颇大的眼睛，磕磕绊绊着什么也说不出。

还是渊华命她捡起掉落的药瓶才解了围。

那药似乎很有用，渊华吃下丹药后非常轻松地放开了我，然后用会说话似的冷眼盯着我。

我识趣地也松了手，只是举手投足间灵力的运行有种莫名的阻碍，我也没在意，默默地整理起衣襟来。

侍女姐姐的眼神在我们之间来回打量，不知她心里在揣测些什么。

渊华整理好形象后，淡淡地吩咐侍女姐姐退下。

偌大的寝宫里，气氛越发不对。

我借此机会欣赏着他俊美的面容、修长挺拔的身姿、清高孤傲的气质，不愧是被狐朋狗友夸到天上去的人物，名副其实啊。

许是我的目光太过露骨，渊华狠狠地瞪了我一眼，我顿时收敛了。

见我老实后，他才开口解释道：“两百年前，本座与魔族征战之时遭小人暗算，虽遇贵人相救，但留下了一个隐疾。”

隐疾……我望着渊华涨红的脸色，颇为古怪，魔族之人也真是恶趣味，难道想用这种方式来让渊华羞愤而死？

帝君大人避开我古怪的目光，继续道：“这么多年来，每当本座想拥抱之时，都是闭关运功压制，长此以往，这病却越发严重，故而本座才向老君求助……谁知你身上的灵力似乎与我的身体产生共鸣，此前才压制不住。”

“这样啊……”

“既然事情已经弄清楚了，你便回去吧，下个月送药的时候别自己进来就是了。”

回去的路上，不知为何，我依然心神不宁，渊华的身影在我脑海里挥之不去。说起来，他病发时的模样还真是可爱啊……念及此，我浑身莫名变得灼热起来。

我连忙赶往自己的住处，半路遇见疑惑的羿仁，我都随便找个理由敷衍了过去。身上的异样让我颇为不适，我只想回房好好洗个冷水澡。

谁知天不遂人愿，我一打开房门，就看到了随便披了身绛紫色长袍、长发散乱的渊华。他一见我，马上扑到我身上，而我也本能地抱紧了他。他眼神迷离又咬牙切齿地粗喘道：“你的灵力好像刺激了本座的病症，它发作得越发厉害了。本座，实在忍不住。”

我长叹一声，觉得自己像是被登徒子花言巧语欺骗的无知少女。

【四】

那日过后，素来深居简出的渊华突然频繁进出老君府，此事自然引起广大仙友七嘴八舌的猜测。数日没参与酒会的我偶然去了一次，我一到场，全场的仙友们顿时停下谈论，齐刷刷地将目光投向我。

饶是在凡间摸爬滚打数百年的我也有些受不住，还好火苗童子、钧芜仙子他们主动拉过我到桌上喝酒，缓解了我的尴尬。

大为感动的我见他们欲言又止的模样，大方道："我知你们心里有不少疑问，尽管问，我必定知无不言。"

钧芜仙子看来憋了很久，立马提问："听渊华宫的仙侍姐姐说，你已经……已经是帝君的入幕之宾了，这是真的吗？"

对上她求知若渴的眼神，我实在忍不住喷出了刚入口的琼浆，这是什么离谱的传言！那位姐姐看着优雅，没想到竟是个长舌妇！

我再看周围竖起耳朵的众仙家，连忙以身体不适为由躲回住处。

回去的路上，我遇到了传闻中与渊华私交甚好的蓉婵上神。

她是司掌世间草木之神，即使我已经成仙，我见了她还是有些敬畏，更何况我私底下还与渊华不清不楚，我慌忙作揖后就想逃走。

"你身上的灵力气息与帝君竟有些相似……"蓉婵上神饶有兴致地观察着我，"明明一个是草木之精，一个是先天火灵，你们的灵力本应是相克的啊，奇怪奇怪。"

我只得定住身。莹白的月光倾泻于她的发间，我被她的美貌所惊到，愣在原地说不出话。

"罢了，看你一副糊涂样也说不出什么。你把这枚玉佩交给帝君，回头送你点礼物。"

草木清香随风而逝，佳人已不在原地。我手中握着淡青色的凤凰玉佩，心想，若是未与渊华产生些奇怪的纠葛，蓉婵这个朋友我交定了。

回了房，不出意外地，渊华已早早地进了我的房间。此时，他正在调息，淡紫色的灵光随着他的呼吸一闪一烁。

我还从没仔细端详过他修炼时的模样，如瀑的长发披在背上，英挺立体的轮廓在暗中更显深邃。

他好像察觉到动静，迅速收了功。

看见是我后，他先是习惯性地红了脸，然后有些不自然地说："你回来了啊。"

我忍不住腹诽，一个活了几十万年的老男人比我这棵芳草还要娇羞。

渊华帝君害羞归害羞，身体还是诚实地向我敞开怀抱，宛如一个跟"丈夫"闹别扭的"小娇妻"。我只好充当恶人，换上一副浪荡子的神情，上前紧紧抱住他。

他发出一声古怪的闷哼，梗着脖子道："你倒是越抱越顺手，要不是这个病，你能抱到如此完美的男人吗？"

"不能，不能。"

"你能与如此英俊的男人这般亲密吗？"

"不能，不能。"

"唉，本座向来守身如玉，几十万年不近女色，没想到竟被个小仙这般轻薄。"

“是啊，是啊。”

……

经过这些时日亲密的相处，我与渊华已是熟悉许多，他的性情我也摸了个门儿清。简言之，这位高高在上的帝君是个口是心非、面冷心热，而且需要经常顺毛的性子，还好我这人心胸宽广，哄一哄他自然不在话下。

说来，别的男人我不清楚，渊华的怀抱的确很舒服。从前做草之时，我“抱”的尽是些飞虫，长得丑不说，还一直挣扎，弄得我心力交瘁。

抱着渊华的感受很不同，他最喜穿着雪蚕丝制成的薄衫，柔软顺滑似无物，我甚至能感受到衣衫下他肌肤的触感和温度。渊华拥抱时不爱说话，大多数时候我都是静静地听他绵长的呼吸声、略快的心跳声，怔怔地出神。

忽然，我觉得心中某处有些异样，而我也没压抑，直接对视他那双凤眸。

“不知帝君觉得这些阴错阳差的拥抱，如何？”

他皱了皱眉，垂下眼没有开口。

第一次遇到这样的状况，我不知该说些什么，心头的冲动变成难解的酸涩和慌乱。刚好察觉灵力本能快要结束，我准备就此松手装作如往常一般。

谁知患难见真情，许久不见的羿仁竟在此时破门而入，哭哭啼啼地叫嚷：“甘凝你要帮帮我，司弘上神都不理我。”

一个暗中仰慕神君的朋友，一对地位悬殊却紧紧相拥的男女，三人在尴尬的气氛中僵持了好一会儿。

还是我先勉强一笑：“那你，要一起吗？”

【五】

身为老君座下炼丹童子的羿仁，与常年戍守天魔交界处的司弘上神本不该有交集。而追根溯源，此事还与我有些干系。

数月前，我刚刚再次修成人形，为了防止再遇那吸取灵力的怪鸟，便离开了从小居住的琼林，踏上游历天下的旅途。一次，我在一处洞天福地得了好处，灵力比起从前埋头苦修时涨得更快。尝了甜头后，我开始有意识地寻找洞天福地。

偶然的机会，我发现一处地下洞穴内隐秘的灵气，便满心欢喜地进去，却见一青衫少年用一件葫芦法宝在吸取那珍贵的万年石乳的灵液。

那少年自然是下界采药而来的羿仁，我本以为我会与他因争夺宝物而打起来（游历天下数月，尔虞我诈见得颇多），谁知他收了一会儿便停下，拘谨地朝我一笑，表示他已经取了足够的量，剩下的灵液，我可以随便收取。

我行走天下也算识人无数，但这宝物在手边还愿分享的人真是世间罕有。我愣了一会儿，然后想着，这么珍贵的灵液不要白不要，大不了打一架，看这小白脸的模样也不会是自己的对手。

收取完石乳的灵液，他的确老老实实地待在一旁调息。

我顿时对他生出些好感来，这般正直的人珍贵得很。

我一边收取灵液，一边主动跟他攀谈。两人相谈甚欢，他也一改初见的拘谨，颇为逗趣。

意外突然发生！

当时我们都不知道此地下洞穴竟与天魔交界处的地底相通。魔气近身时，我还在与羿仁讲述游历时遇见的趣事，一个晃神，羿仁挡在我身前，生生挨了魔头一掌。

我接住被重伤的羿仁，他交代我快逃后便昏了过去。这魔头修为很高，但我如果那么容易认输的话，就不是含羞草族第一勇士了。

我恨恨地看了眼那魔头，将收取到的万年石乳灵液一饮而尽，凭借暴涨的灵力与他缠斗许久。

就在我灵力不支时，感知到魔族气息的司弘上神及时赶来，救了我们。

羿仁醒来第一眼便见到“俊朗潇洒”的司弘细心地为他检查身体，他感激不尽。而我在司弘的帮助下成功炼化了大量灵液，意外引来天劫，但或许是因为我重修的缘故，我有惊无险地度过了此劫，成为第一株成仙的含羞草。

“这么说来，司弘就是你俩的救命恩人了。”渊华冷淡地扫视我们，语气不善。

我和羿仁一起点头。

他又看向羿仁：“那为何只有你仰慕他，按理说甘凝受其恩更多，应该以身相许才是？”

我被渊华的想象力震撼到了，且不说我向来不信一见钟情这样的戏码，光看司弘满脸胡楂的糙汉样就没心思了。

羿仁解释道：“小仙初见上神便觉神似小仙凡人时邻居家考上武状元的一位哥哥，小仙自小就崇拜那位哥哥，受其颇多照顾，还没机会报答那位哥哥，他便因病逝世。当时一见上神只觉哥哥恍然在世，就忍不住设法亲近，报答恩德……”

说着，羿仁眼眶泛红。我见了忍不住心疼，上前抚慰他。

渊华听完羿仁的讲述后，似乎在思量着什么，最后开口：“你那位哥哥是不是名唤成蹊？”

羿仁连忙应是。

渊华摸摸下巴，似笑非笑道：“百年前司弘修炼出了岔子，为解心魔，特地下凡历劫，投胎一猎户家，名唤成蹊。不知小仙童的哥哥是何时过的世？”

我听此惊天大料，兴奋不已，见羿仁仍一副痴傻模样，十分恨铁不成钢地晃起他的肩膀。

“你还不赶紧找机会和你的成蹊哥哥相认，一人得道鸡犬升天，你到时候和上神有了关系可别忘了我这还在做仙侍的战友啊！”

羿仁听完，神色古怪地在我和渊华之间打量：“你不是都和帝君，那样了吗？”

饶是我自诩含羞草族第一勇士，还真说不清这笔糊涂账，本想扯些蹩脚的理由糊弄过去，谁知渊华不知吃错了什么药，面带潮红地敷衍羿仁：“你见什么就是什么，再多的也不是你能知道的。本座能给你和司弘制造机会，这事就……”

“好！多谢帝君！”羿仁完全把我忘在一边，很是兴奋。

渊华走后，他还是兴奋得上蹿下跳，没个安宁。

看着开心的羿仁，我心中的酸涩也淡去不少，只是渊华的怀抱温暖得令人眷恋，在从前人生数百年中我从未感受过。

【六】

经过这段时间的不断研究，我与渊华大概总结出了这病的一些发作规律。随着拥抱次数的增加，这病症的持续时间越来越短，发作的力度也轻微了不少。

故而我今天才有空下凡为渊华找些消去疤痕的草药。

临走前，听到了火苗童子他们八卦渊华又去了蓉婵那儿，还替我打抱不平。

我觉得其实这才是一切该有的样子，上神配帝君，一株能治病的仙草是配不上帝君的，月老的红线应该是牵错了人吧。

采下山崖上最后的凝血草后，我准备起身飞向天界，打算将草药与玉佩一并给了渊华便一别两宽。

不料飞至五重天之时，滚滚魔气从云中突现，我避闪不及，中了一道锋利的剑芒。

“啧，又不是渊华，怎么现在本座的追踪术法老是认错人。”

我快速止住血，定睛一看，竟是那日偷袭我和羿仁的魔头。

他也认出我来，轻蔑一笑：“原来是你这小草，上次算你命大，本座当时受了重伤，这次你就是喝一百瓶石乳灵液也不是本座的对手。”

我运起全身灵力，小心翼翼地提防着他，当时他深受重伤都能从司弘上神手下逃脱，我自然不会傻傻地跟他拼命。

突然，魔气中飞射出一道流光将我缠得结结实实，连灵力都被禁锢，我全然动弹不得。

“本座身为魔界第七魔主，岂会让个小仙逃走，看你是个草木之灵，想必炼成丹药一定效果不错。”

我慌乱地挣扎着，可还是分毫力气使不出。看着那魔头邪笑着越来越近，我不禁绝望，情不自禁地叫出那个人的名字——

“渊华！”

突然，我的额头上显现出灿金色的符文，半空中出现一团绛紫色的火焰，嘹亮的凤鸣从中传出。

那魔头冷哼道：“果然这小草跟你关系匪浅啊，竟能用灵力本属召唤你现身。”

我愣愣地看着那从天而降的凤凰，脑海中的记忆潮水般涌现。

两百年前我第一次修出人身，不顾族内禁令，偷溜出琼林。在附近一处小山谷玩耍时眼见天空忽然布满绛紫色的火焰，如同晚霞浮现，美得动人心魄。我正兴奋地欣赏着美景时，却见火焰中心一抹流光直直坠入谷中。

出于好奇，我凑上前去看，发现了一只昏迷的大鸟。见猎心喜，我十分手贱地戳了戳此鸟，谁知手指被股强烈的吸力黏在鸟身上，动弹不得，更可怕的是我的灵力不受控制地狂泄而出。我眼睁睁地看着自己苦修的灵力成了他人嫁衣，简直欲哭无泪，直到我连维持人形的修为都不够了昏迷过去，这吸力才停止。

之后，我被长老们发现带回琼林，重新修炼。

我回过神来。

此时，渊华正在空中与魔头打斗，他化为人身，身着凤铠，手执烈焰之剑，恍若战神亲临，是我从未见过的模样。

司弘和羿仁扶起我，司弘简单问候了一下我便上前助战。那魔头显然没吹牛皮，面对两位上神的进攻他仍能不落下风。

羿仁着急道："可惜渊华帝君隐疾未愈，又没有蓉婵上神的储灵玉，不然早把这魔头打得灰飞烟灭。"

"储灵玉？"我赶紧掏出蓉婵上神交给我的玉佩，将灵力全部输入其中。

"这是储灵玉？"羿仁吃惊，"你这是做什么？你的木灵力怎么能帮得上帝君！"

"别问了，快把玉佩给渊华，相信我。"说完，我便耗尽灵力昏睡过去。

好温暖、好安心的气息，冥界原来是这样的吗？我悠悠醒转，看清了眼前人英俊的面容。

"渊华？"

"是我。"他摩挲着我的肩，终于不再是傲娇的模样。

"魔主已经被我重创，没个上千年连人形都修不出来。"

我抱紧了他有些僵硬的身体，头埋进他的胸膛。嗯，他的心跳比我的还快。

"当初我重伤身体自动涅槃疗伤，需吸取大量灵力，偏偏你的木灵之气不容于我本身的火灵力。那个魔主曾在我身上下的追踪印记误打误撞被传到你身体里，而我也遗留下含羞草爱拥抱活物的毛病，这些是在蓉婵检查后得到的结论。”

我止住他的话，定定地望着他：“那你以后还会抱我吗？”

他动人的眉眼微微弯起，一个温柔的吻落至我唇瓣。

“会。”

“以后不要再傲娇了。”

“我哪有！”

“嗯？”

“好。”

梧桐成荫年复年

文 / 阿初

“梧桐你记住，凤凰和麒麟都会离开你，可是辰时不会。”

【一】

修炼了四百九十九年的梧桐树妖自然与那些新生的小梧桐不一样，虽长在北域的极寒之地，仍然枝繁叶茂，果实长势喜人，天生自带一种安全感，无论是做避荫处还是栖息处，都是十分理想的，于是被凤凰看中想挪回去做窝，听起来像是一件天大的好事。

起初我是这样想的。

青城这处，城在水中，四面环山，灵气浓郁，像个大口袋似的只进不出，适合修炼，不仅气候温暖湿润，适宜梧桐居住，而且有高人指教——按某凤凰的话来说就是非常非常有特色了。

辰时，就是那只凤凰，与我这样说的时候，我是很动心的，毕竟那时我只是一棵明年才五百岁整的小梧桐，想着这人修为比我高，怎么看都不像对我有所图谋之人，他应该真的只是想找个窝。

然后，我就从北域搬到了青城，这一住就是千年。

辰时经我同意之后，就在我左手边那个光照好、结果子又多的第二个树杈子上定居了。

辰时是辰时出生，是以名为“辰时”，我是亥时成精，按照这个规律……

算了，“梧桐”比“亥时”好听。

青城自有人迹至今，大约经过了三千年，可有精怪或是其他不明种类存在，却比有人要早得多，然而至今为止大家相安无事、和平共处，这是我很佩服辰时的一点。

毕竟拳头硬才是硬道理，特别是在青城这个以实力说话的地方，若不是当年辰时一人打遍附近山头无敌手，把原本在这称霸的火麒麟一族压得不敢靠近青城，想必我也不能在这个与世无争的地方混下去。

当然，这样的与世无争，是我在辰时的督促下，修炼一千年之后的光景。

我替代辰时成了青城的新任老大，这其中，也费了我不少劲儿。

我从北域回来，发现这厮消失得无影无踪，在我连着对付了三拨想置我于死地的妖怪之后，终于从他们口中得知，我已被辰时推上青城老大的宝座，这厮放了话，谁能杀了我，就是新任老大。

北域之地的极寒都没能弄死我，找不到辰时，我把气都撒在那些自以为能力出众的妖身上——别以为木头好欺负的，敢来挑衅我？

我疯起来，连火都不怕。

最后一个来挑衅的是被辰时打压得厉害的火麒麟。火麒麟曾是佛祖的坐骑，一把红莲业火，能烧得人家连粉末都不剩，最可恶的是火麒麟率族人趁我与其他妖打得两败俱伤之时齐齐放火。

我为了保护这些小妖，生生用灵力摞起一道树墙，待那树墙被烧光，业火也已燃尽，我在原身中将养了几百年，灵力才得以恢复。此战之后，我也算因祸得福，顺顺利利地成了青城这地儿公认的老大。

原本我是没打算跟火麒麟一族计较的，我不说也自然有人会替我收拾他们，然而他们上赶着找麻烦，真是让人烦不胜烦。

某个风和日丽的下午，守着我原身的小杏子树在我回家的必经之路上把我堵住，远远地往我原身上一指，我便看到一团通红的“物件”窝在辰时的窝里。

彼时我刚从北域回来，一身风沙，看到此情此景，以为辰时回来了，手一扬就把那“物件”打了下来。

后来我才得知那是火麒麟一族送来示好的小崽子，刚出生没几天，长得像小狮子似的，皮相好看得紧。

【二】

连送几次都没能把这小崽子送回去，我便懒得再搭理，这小崽子乖觉得很，知道我不喜它靠近，从未正大光明靠近我，只晚上从窝里爬出来到我沉眠处，夜以继日地挠我设下的结界，等我睡着时它来，快天亮时再爬回自己窝里，它乐此不疲我却头疼得很。

你见过哪个妖怪晚上还睡觉的？我不过闭眼修炼而已，这小崽子还挠个没完没了！

我平日里不爱往山上待着，常常乱跑，一出去十几天，若无要事，基本没人会找我，因为不想看见这小崽子的缘故，我更是大半年未曾归家了。

每每回去，只有替我守家的小杏等着我，现在倒是多了个小尾巴。

可怜我那小杏子树，跟人类小娃娃差不多的高度，怀里还得抱着个比自个儿小不了多少的小崽子哄。见我回了，那小崽子睁圆的双眼猛地放出一道光来，看得我抖了一下，在它麻溜地想往我身上扑时，我扼住了控制它命运的后脖颈，这个动作……似曾相识。

妖族的小崽子我没少抱过，刚出生的小崽子都差不多，毛茸茸的，眼睛还睁不开，弱小又无助的样子可爱至极，给一个聚了我灵力的护身符，就能让它们一族欢喜老半天。

我眼前这个小崽子，被小杏养得很好，已是圆得像个小球儿了，我单手拎差点被它沉得脸朝地摔一跤。

“啾……”

那小崽子不会说话，平常就两个音节，饿了一个，撒娇一个，满地打滚应该算是撒娇吧，好想踢一脚。

我细细地将它从头看到尾，越看越觉得它像人类圈养在门口看门的守护兽，于是我点点它的滚圆小脑袋。

它不滚了，偏头看我表示不解。

“你吃得多吗？”

它迟疑了一下，点头。

“会咬人吗？”

它肯定地点头。

“能守着我住的地方不让别人靠近吗？”

“啾！”

它疯狂点头。

我满意地笑了笑，安抚地揉乱它被小杏精心打理过的毛发。

“可以睡在我旁边，但不准挠结界。”

在小杏的提议下，小崽子终于有了自己的名字“小火”，其实我觉得，“慢炖”也是可以的。

旁的不说，虽然它吃得多，但它看家本领一流。小杏告诉我，自从小火开始给我守树，任何妖族雄性都没能再近我原身十米之内。我欣慰之余，让小杏多给它炖了几只野鸡，这家伙不吃生的，也是稀奇。

北域产寒玉玉髓，万年难得一块，我找这玉髓往返北域数次，终于被我拿到。

这玉髓是为了给辰时化形用的，我寻它数载，玉髓到手，没毛的凤凰却一直都寻不回等不来。

辰时不能化人形，是因为两千年前那场差点造成人间毁灭的红莲业火。

这一段往事，还是我从别人那儿听来的，辰时惯会装聋作哑，任凭我使出浑身解数，他对自己的过往仍是只字不肯提，简直气到我落叶纷纷，只能去茶馆听故事消愤。

青城的万家茶楼里，每到黄昏时分，就有一个瞎老先生坐镇堂中央，手持一把折扇，站在半人高的乌木茶台后面，说着形形色色天南海北的故事，抑扬顿挫，形容生动，收五文茶钱，每日只讲两炷香时间。

虽然我早已习惯茶楼日日爆满，里三层外三层连顶楼都是人堆人的模样，但我确实消受不了青城人与生俱来的热情。

我若变个女儿身在青城里逛，来往的青城少壮众多，少不了碰上几个胆大的，上来搭几句话；我若变个男儿身，青城的女子也不遑多让，上来一个娇滴滴的小姑娘就往你身上倒，我接也不是，不接也不是，着实为难得很。

辰时说美貌皮囊害人，果然诚不欺我，如果辰时说这话时没有对着镜子照半个时辰，我怕是真的信了。

【三】

所幸屋顶是个好地方，抬头见月低头近水，掀开瓦片往下一瞧，啥都看得真真的。

今日老先生讲到那凤凰接了天帝指令，来人间一遭，为的是寻回自己的伴生，没承想她已入了魔道，一场战争无可避免。

红莲业火从那伴生身上蔓延开来，烧得火光冲天，人间顿时被一片火光笼罩。

这把火烧得人间众人无处可逃，逼得凤凰退无可退，辰时以原身祭火，这才有了今日凤凰得以涅槃重生的故事。说到这里，老先生把惊堂木一拍，说是完结了，再无下文。

明日又是新的故事，可我却没甚精神。

我从未听过辰时提起有关伴生的一切，但我将“梧桐”这个名字记住了，我是北域的梧桐树妖，不叫梧桐。

我蔫蔫地飞回断崖山，无心修炼，敏感如我，心中像是堵了块让人腻烦又不好克化的肥肉，只觉浑身发抖，我也说不清是气的还是如何。

猛然想起那次，难得辰时不在，恰逢十五月圆，远处传来熟悉的一声狼嚎，听这动静，应是狼王在召集族人，今夜一过，狼族那边不知又有几个小崽子能化成人形。

在我们妖界，只有能化形成人的，才能算得上是真正的妖。而妖化人形，五百年一次，三次之后若没有成功，便不是沦为精怪就是堕入魔道，空有一副身躯或者一身灵力罢了，不配为妖。

我抬头看了看那滚圆的月亮，又觉得不能浪费时光，遂打起精神开始修炼。

辰时在我晚修做到一半的时候，从天上掉了下来，乌漆墨黑烧得跟块焦木头似的，亏得我眼睛好使，差点灵敏过度一反手把它甩出去。

要说洗干净的没毛凤凰与拔了毛的野鸡有什么区别，我觉得大约是用煮饭锅装和用洗澡桶装的区别吧，没毛的凤凰哪儿哪儿都不招人喜欢，真的，特别是看不出性别的时候。

辰时是我见过的唯一一只不会化人形的凤凰，我实在是没法欣赏全秃凤凰的美。

即使我极力掩饰对他这个形象的嫌弃，辰时还是察觉到了，用他那墨黑而又纯真的两只小眼睛看着我，问道：“我现在……是不是很丑？”

“没有没有，过两个月毛长回来就好。”我掩饰着干笑了两声，抬头望月，试图转移话题，“你看那天上月亮又大又圆，像不像我给你做的糯米汤圆儿。”

辰时小眼睛往我这儿一斜，换了个姿势平躺在水面上，我坐在洗澡桶旁，东看西看眼神就是落不到他身上。

然后，辰时对我发出了来自灵魂深处的质问——

“你以前不是这样的。”

我自觉头痛，快速而又故作深情地看了他一眼，便以修炼为由往隔壁山头跑。

你都丑到我不忍心跟你计较了，怎么还那么多话，有些事情就不要拆穿。

我再不走我的眼睛真的会瞎的。

【四】

果然掉毛才是鸟类动物的天敌，七月我捡回辰时，好不容易养了几月把绒毛给长齐全了，不知为什么一到十月又全掉光了，我非常嫌弃地拎起辰时的后脖颈，把他各个地方仔细端详了好一会儿。

最后得出了“我对这只小鸟是真爱”这个结论，这么丑的样子我居然也能忍着不丢开他。

然后，我试探着问他：“我说……你啊，我要不要给你找点何首乌，今天拔人参的时候人参精说何首乌吃了能长毛。”

辰时抱住双翅，眼睛转得跟个风车似的，偏过头表示不满：“我有名字。”

我晃了晃他的身子，扶额装深沉，一时忘了我原先是想说何首乌来着的，不小心说出了深藏在内心的话：“呵，性别不分的小鸟，你现在不配有名字。”

纵使辰时把头晃得我眼睛疼，我仍然对他的反应无视之，该灌药就灌药。这家伙现在灵力全失，正是身体与心灵都遭受重击的时刻，这样的大好时光，如果不做点什么留念，嘿嘿嘿。

我与辰时共处一千零三年，其中大约有将近一千零两年十一个月都被他困在原身里逼着修炼。

这千年的漫长时光，除了辰时，我从未与任何活物打过交道，除了修行，很多时候我都是习惯一睁眼就抬头看天，是晴天就数云，到天黑就数星星。

四季变换，日夜交替，星辰按轨道运行，这些普通到不能再普通的东西，我多看一眼都是奢望。

当我终于小有成就时，辰时不再限制我的行动。

我又去听了茶楼几个故事，知晓了辰时也能化人形，还是个男儿身，我甚是欢喜。

十二月俨然是一片寒冬的景象，我周围是一片梅林，冬至的第一场雪过后，绿色的梅花悄然开放，冷艳至极，香味清幽偏又若有似无，勾得人心里痒痒。

将辰时关到当初我待过的那个结界里时，我没有丝毫愧疚。

辰时说想了一晚上的梅花香，我亲手折了一枝开得最漂亮的绿梅送到结界里，看他枕着梅花入眠，缩成一团，睡得安稳。嘱咐了小杏替我看着这结界，我便动身去北域寻寒玉玉髓。

待我回来之后，辰时早已不见踪影，小杏灵智未开，问不出什么。

北域玉髓难寻，冷得刺骨，却也抵不过他一声不吭离去的心寒。

再后来，就是我与那些想取我而代之的妖族之间无休无止的开战，无论如何，老大这个位置我要守着，等辰时回来，再找他麻烦。

佛祖召我去天界，是我恢复记忆之时。

凤栖宫是辰时在天界时住的地方，位于天帝所在的天宫与佛祖的九重天之间，看起来像孤岛，其实就是。

再次登上九重天，我已不是佛祖口中随手赐下的一段枯木，而是有与辰时同等修为的梧桐。

那枯木本是佛家圣物，倘若知晓自己如今沦为树妖，不知该作何想。

【五】

“梧桐，谐音吾同，有双木可依。”

辰时，是一只比较倒霉的小凤凰，作为凤凰一族最晚出生的老幺，轮到他选伴生的时候，好的都被挑走了，新送来的一个不如一个，唯一看起来活波些的，便是我这个到处乱窜的。

无奈之中，他点了我做伴生。

伴生，自认主始，便与那人命运相连，凤凰涅槃，那红莲业火要烧整整九十九日，能熬到第一百日，才算真的成功。

那要伴生何用?

伴生只能用一回，等到凤凰在业火中熬不住时，用伴生护体，可平安度过。

佛祖对辰时这个最小的弟子颇为看重，不光给了伴生，到他涅槃之日，还将一段浸染了诸多功德的枯木也赠与了他。

对那枯木，辰时不屑一顾，真正被辰时记挂在心的，是经他手一点，落地化为梧桐树的我。

凤凰涅槃，五千年一次，涅槃时，那红莲业火自佛祖手中而出，来势汹汹，他化为金羽凤凰，栖于梧桐树上，那火一挨上他，转而化成弥天大火，瞬间将那九重天染上一层红光。

业火焚身，是为净化体内杂质，重塑金身，他在火中，涅槃重生。

归来时佛祖甚为满意。

“梧桐这名字取得极好，她与你一体，用原身替你承了这业火……”

辰时在那堆能淹没他凤栖宫的灰烬中找了十天，才将将找到一块发了新芽的焦木。

我原身早已在那场业火中烧得一干二净，伴生最初的模样是个小光点，没了原身，本不能活，多亏佛祖赐下的那段枯木。我夺它本体之时，这小木头已经有了灵智，至多三百年便能化为人形，但有了这业火助力，它便能立时在我面前化形。

如果那枯木不是跟我生了张一模一样的脸，如果她不曾说出要对我取而代之这种话，我想我断然是不会迁怒到她身上的。

“你知佛祖为何送我来辰时身边？”

我知火克木克得厉害，说来好笑，第一次碰火便沾上其中最厉害的红莲业火，烧完本体不算，竟是要连我灵识也一并烧尽。我昏昏沉沉，只晓得用最后一点灵力，护住辰时，他比我重要，我不允许他在我眼皮子底下受到任何伤害。

那枯木眼见得我护不住辰时，一把将我拂开，那枯木里开出新芽，重新将辰时护住，而她也浸入火中，烧得与我无甚区别。

“整整五千年，我对辰时用心，不比你少。”

“呵……你如何，能与我相比。”

我虽失了力气，却不肯落人下风，硬撑着抬起半边身子与她对视。

“我是他亲选的伴生，而你不过是别人随手赏的物件。你不瞎不聋，看了我与辰时这么多年，怎的一点眼力见儿都没有？”

我闭上眼之前，看到的最后一幕，就是那枯木朝我奔来，要置我于死地。

我得赌一次，为了辰时，也为我自己，佛家圣物，若犯杀戒，当即灰飞烟灭。

【六】

再次睁眼，我是北域极寒之地一棵修行百年的梧桐树妖，忘却前尘，只剩今朝。

我听过很多得道高僧念经，道一句我佛慈悲，听得多了，不以为奇，许是未触动内心，所以从未静下心来听进去。

真正见到佛祖时，我才知我佛慈悲所言非虚。

“你的名字，取得极好。”

不是第一次听见有人夸我这名字，我听了却极为开心，佛祖是辰时最敬重的人，得他一句夸赞，胜过千言万语。

“他既已弃你离去，你还寻他作何？”

“辰时在您这儿吗？”

我不答反问。

“你因他毁我佛家圣物，那枯木因他徒生妄念，他因你在人间逗留数千年，我留他做什么？”

我沉默。

“我曾以为，辰时与众不同。”

佛祖默了一瞬，遂开口。

“凤凰一族，天资出众，若能一心修行，即可超脱世间，能舍去人身，便能登顶高位，辰时自小就专于修炼，小小年纪，成绩斐然，我给他伴生原是希望他能堪破情劫，更加精于修炼……你化形那日，辰时问我，如何能与你一样化成人形。”

我还是辰时的伴生时，他常常喜欢站在我的树杈子上看我荡秋千，多听一句我说谁家的仙君好看就能老半天不理我。我以为辰时不懂，毕竟树和鸟，一静一动，月老说这红线没法牵，我再不情愿，也只能静静站在他身边，当一棵安静不逾规的梧桐树。

“我私心以为，那枯木能代替你在他心中的位置，便告诉辰时，这枯木可帮他化形。”

辰时带这枯木回来，喜笑颜开，我却为此与他吵了一架，非逼他在我和那破木头之间选一个，未得他回应之后我转身就走，猝不及防撞入一个人的怀中。

我仰起头想看清是谁，却被这人紧紧圈住不放，我没来得及挣扎，就被一句话定住。

“笨蛋，我怎么可能选别人。”

这是我第一次也是唯一一次见辰时化形，这之后的漫长岁月里，我回忆起这个拥抱，却发现自己忘了看清他的脸。

“两千年前那场红莲业火，是他设的死局，让那枯木入魔，也有你几分功劳，她幻化成你的模样，灰飞烟灭，骗过了我。凤凰涅槃，耗尽元气，我以为他情劫已过，许他在青城休养，没想到他绕了这样大一个圈子，还是为你。”

兜兜转转，原来这结还是出在我身上，明明一切都摆在我眼前……

“佛祖，您知道情为何物吗？

“我也不知，但我听月老说得最多。往时我看别家小仙子能欢欢喜喜将红线挂在喜欢的仙君身上，也是有过羡慕的，而我和辰时，就算拿了红线也不知该如何用，伴生无根，凤凰不能化形……你只道辰时与我不同……他愿为我化形，我愿拼死护他，那他与我，有何不同？

“我与辰时，无论生死，都要保全对方，这一点，无可争议。”

迫于佛祖的威压，我跪着说完了这段话，每说一句，就有无数个我与辰时相处的片段浮现，我不管他是不是能化形，只要他在我身边。

我不知辰时对别人来说是什么样的存在，他在我这里，永远只能是我的人，哪怕只能是只秃毛凤凰，我也没有怨言。

【七】

青城山脚边上的兔妖又生了一窝，今日一早便拖家带口来我这求护身符，我看了都眼红。

从佛祖那儿回来后，我便很少出门了。佛祖惜字如金，给了一个等字之后就将我撵走，说是还记恨我拐了他的好徒儿，让我少去他面前惹他生气。

我发誓，我从未见过如此小气之人，说好的为人解惑普度众生呢？跟辰时一样都是骗子。

偏偏这一老一小，一个惹不起一个找不到，真是让人挫败啊。

我拉着小杏和小火不知看了多少日出和日落，从前想看不能看，现在能看还想有人陪着看，我一边叹气一边继续玩小火的绒毛，手感真好。

其间佛祖无数次派人来青城慰问，每次来的人都不一样，小杏嘴拙，不会拒绝人，于是我放出小火，屡试不爽。

几百年一瞬就过，这次佛祖再派人来，是带了话的，我没有拒绝，先告诉了小杏，说我要嫁人了。

小杏树还不会化形，拉着我的衣角抽抽搭搭问我是不是不要她了。我早料到小火的反应，没等它发表意见，直接打晕它绑了送回火麒麟一族，眼不见心不烦，好歹跟了我这么久，也不是全无感情的，就是天资差了些，一直没能化形成功，我将玉髓送了它，也算一场了结。

青城老大要出嫁，对象是凤凰一族午时仙君，这消息不到半个时辰，就在青城传遍。

出嫁的日子定在五月二十九，我是生生盯着月老拿红线把我俩的姻缘编成妖族特有的如意姻缘结，甚是欢喜。

我的嫁衣，是各族小妖采了百合树的树皮连夜赶制，用合欢花点缀，孔雀翎镶嵌做成的，大红的喜袍穿在我身上更显气色，小杏给我编了一顶花冠，我转个圈，确认一切都无纰漏，上金乌车。

有人在前方等我，真好。

天界的金乌车平素只在天帝出行时拿出来跑跑腿，能坐上一次，也算是我的福气。

嗯，妖这一生，不被抢一次亲，简直不能说是当过妖怪。

天旋地转，我落入一个陌生的怀抱，我闭着眼，听到那人说："你自己说的要等我，转眼就嫁了别人，你可曾还记得自己信誓旦旦说过，哪怕我秃了你都不会嫌弃我。"

我没有回答，睁开眼钩了辰时脖子下来就是一个深吻。

这味道我再熟悉不过，这厮变作麒麟每日围在我身边，装得还真像那么回事。

我不做点什么让你自己乖乖出来，你怕是要让我再等个千年吧。

辰时拉开我，从脸开始红到耳根，一把将我往怀里按，不让我看他的表情。

"我说你能不能成熟一些，回回只会这一招，你以为把我按住就没事了？"

"我怕你笑话我。"

"你给我松开，再不放我脱你衣服了……"

我也是没辙，他按得太用力，我喘不过气，多说一个字都感觉自己要窒息了。

辰时把我拉开了一些，轻轻环住，很是满足，重重地吐了一口气，像是多年的心愿终于实现。

“我想这个场景想了几千年，梧桐，你终于在我怀里了。”

我堂堂青城老大，什么大风大浪没经历过，什么话没听过，我等了这么久从来都没哭过，却在这时因他一句话酸了鼻子。我反抱住辰时，那些早就在脑子想好的话我全然忘了，此时我只想在他怀里大哭一场。

不是委屈，是失而复得这种心情，让我无法平静。

最后是辰时抱着我回了青城，他问我：“梧桐，想不想跟我一起看日落？”

“我们不是看过很多次了。”

“今日是辰时陪你看。”

“那秃毛凤凰和麒麟都不算吗？”

我窝在辰时怀里闷笑，又想起他掉毛时的郁闷模样。

“不算。”辰时突然认真起来，“梧桐你记住，凤凰和麒麟都会离开你，可是辰时不会。”

我被辰时这话感动得一塌糊涂，转过头偷看他，就忽然想起那年，他抱着我骂我笨蛋，一晃多年，我还在他怀里，看来我是跑不了了，我面不改色，心里偷笑。

凤栖宫的那棵小梧桐还在茂盛生长，带着它最喜欢的那只凤凰，去了好多地方。

“从前有座山，山里有棵树，树上有只金凤凰，梧桐果儿给凤凰，给我变个新娘来，新娘新娘真好看，凤凰叼着飞走了……”

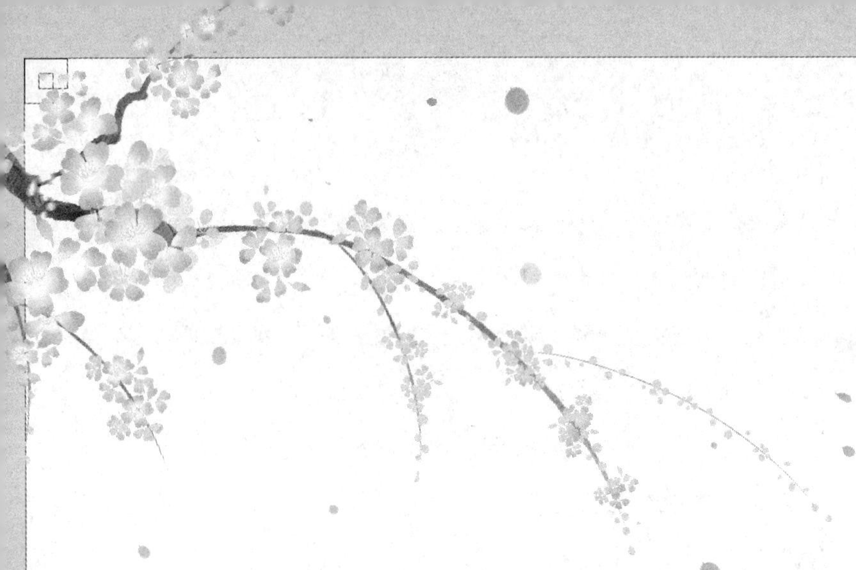

大王不好啦

文 / 金羽

脚边的雏鸡发出一声脆鸣，翅膀一抖竟化作一摊黄土，

黄土上写着几行字——天赐良缘，望君珍惜；山高水长，后会有期。

【一】

“大大大……大王！”

阿竹的喊声在山洞里回荡不息，哭丧一般一阵接着一阵。

最近夜间难眠，此时我趁着午休好不容易酝酿出的睡意，又瞬间烟消云散。

我睁开眼睛，见阿竹正跪在床前，面如土色，神情慌张得像是有人在他脸上刻下了“到此一游”。

“怎么了？”我搓了搓脸，勉强清醒了些。

“大大大……大王！”

身为一只翠竹精，阿竹身材修长、模样标致，又忠心耿耿，向来深得我心。

只有一点不好，碰见什么急事，总会抽风似的结巴个不停。

我瞪了他一眼：“有事说事！”

“大王不好啦！外面闯进来个拿剑的男人，说要拆了我们的洞府！”

对于我们这群占山为王的妖精，被人登门踢馆这种事自然是时有发生的。阿竹也经历过不少，但从没有此时这般惊慌。

定是事出有因。

我急忙问：“那人还说了什么？”

阿竹泪眼蒙眬：“他还说，要把我们的洞府改建成茅厕，把洞里的大伙全都打回原形关起来。蛇妖和穿山甲冲上去和他较量，都被那人……”

我心中一惊：“杀死了？”

阿竹脸上滑过两行清泪，摇头道：“不，都被那人打得鼻青脸肿。”

好毒辣的招式！

树活一张皮，妖活一张脸。所谓“打妖不打脸，揭妖不揭短”，来人这般做，看来是抱了与我们不死不休的决心。

真是可恶！

我怒上心头，从床上跳下来，赤着脚跑到一边的梳妆台边，将黄铜镜向右一旋，“轰隆”一阵巨响后，打开了墙壁上的密道。

珠宝、胭脂、银票、衣裙，这些都是生活的必需品。我急着打包，却被阿竹抱住了腿。

“大大……大王，您这是？”

“打包逃命啊，我可不想被揍成猪头！”

我用力地挣脱阿竹，却没想到他力气大得出奇，此时竟死死抱着我不放。我只能妥协：“算了，带你一个，你快收拾东西跟我走吧！”

“不啊。”阿竹哭得鼻涕一把泪一把，下一刻，竟当着我的面脱下了上衣。

我：“……”

这般紧要关头，他竟然兽性大发，真是丧尽天良，泯灭妖性！

我抽出挂在床边的剑，正要一剑刺过去，却见阿竹张开胸膛，露出胸口上的两行字：

尔等宵小

可敢与我一战

血迹未干，应该是不久前刻上去的。

阿竹抱着衣裳，号啕大哭：“士士……士可杀不可辱，大王为小的做主啊！”

伤我兄弟，就等于伤我本人，叫人如何咽得下这口气。只是那人只身闯进青木洞，想必实力不凡。

见我犹豫不决，阿竹继续哭道：“那人现在就在洞府大厅里，他……他还喝了大王昨日买来的女儿红。”

断人吃食，比毁人容颜更狠毒。不，是更恶毒。

我披上外袍，脚下生风，冲出了卧房，却在门外猛地停住。

“那个，阿竹你记着，以后进门的时候记得敲门。”

阿竹愣了一愣：“啊？”

他不解的神色让我有一丝为难。

“大王，这是为什么？”

“老娘是女孩子啊！”

【二】

山洞的大厅里一片狼藉，破碎的酒坛翻倒在一边，到处都是陈年女儿红的香气。

我心中一阵疼痛，这可都是银子的味道。环顾四周，蛇妖和穿山甲正窝在墙角，哼哼唧唧哭个不停。

一个男人侧卧在大厅中央石台的宝座上，一只手拿着酒壶，一只手握着长剑。

他长眉细眼，面容清秀，此时正半眯着眼睛，脸上写满了漫不经心。

我咬了咬牙，对上他的目光："酒好喝吗？"

男人微微一笑："还行，只是窖藏的时间还不够。"

"胡说，这分明是十年陈酿。"

"呵。"男人眼中闪过一丝戏谑，"只怕是你被骗了。"

我又羞又怒，扑上前猛地刺出一剑。不料那男人身法极为灵活，只是一个侧身，便躲过了我的剑。

他跳下石台，随手挽了个剑花："你便是这青木洞的主人吧，我顾某不杀无名之人，报上名来！"

"你姑奶奶！"

两剑相碰，铿锵交鸣。

我刺出一剑："姓顾的，你为何闯我山洞？"

男人侧身一避："我为何而来，你心知肚明！"

"呸，我看分明是你在挑事！"

“嗬，废话少说，速速束手就擒！”

我和男人出剑极快，片刻之间便斗了十几回合，我剑法稍有不及，隐约竟被男人压了一头。

男人一边运剑一边说道“天地有灵，生出人妖神魔，各自修行有路，切不能误入歧途！”

我冷哼道：“啰唆，管好你自己吧！”

谁知他竟毫无收敛，又唠叨道“人与妖本无贵贱之分，能和睦相处，你又何必毁人家庭，遭人怨恨！”

我去，这姓顾的还说上瘾了。

我又不是小妾之流，何来毁人家庭一说：“老娘光明磊落，行得正坐得端，你休坏我名声！”

下一刻，男人手中长剑凌空斩下，我急忙把剑身一横，勉强抵挡，却还是踉跄退了两步。

这时大厅外突然传来一道响声，像是幼猫的叫声，又像是小儿的哭啼。

男人脸色一变，下一刻便蹿出了山洞。

真是来也匆匆，去也匆匆。

【三】

许久没碰到这么强劲的对手，我竟累得喘气连连。我暗自舒了口气，若再斗下去，我定会败在男人剑下。

蛇妖和穿山甲仍缩在墙角哭个不停，真真是有哭的力气，却没有上前助阵的力气。

我走上前，拍拍蛇妖：“别哭了，等到下次蜕皮就好了。”

“还要等上两个月，可是真的很丑哎。”蛇妖抬起头，露出两只又青又紫的眼圈。

那模样实在滑稽，我没忍住笑了一声，下一刻，就看到蛇妖变了脸色。

“这人来得蹊跷。”我急忙岔开话题，“快，快去把穆长老请来。”

蛇妖幽怨地看了我一眼：“穆长老三天前就被大王您关了禁闭。”

我猛地一怔，这才想起来三天前穆长老给我算了一卦，说我红鸾星动，姻缘将成。我欣喜不已，心想熬了这么多年，终于能抱得美男归，却又听她说这卦象中暗藏杀机，想成就这段姻缘怕是困难重重。

这分明是在诅咒本大王，我虽然是妖，但向来尊老爱幼、和睦邻里，又有谁会对我动杀心，简直是“疯言疯语”！我一怒之下，把穆长老关进了小黑屋，并吩咐下去，七天之内不许给她吃饭。

“那就把穆长老请出来啊！”我两眼一瞪，“平时是怎么教育你们的，做事不要死脑筋，要灵活，要变通！”

蛇妖撇了撇嘴，冷哼了一声，风骚地扭着腰走开了。

这家伙，真是连规矩也没有了！

我决定明天就把《三字经》纳入青木洞的训练之中，让这帮目无尊长的家伙好好学一学长幼之序、君臣之礼。

不过现在还不是为这些事烦恼的时候，我轻轻拍了拍穿山甲的头：“那个，帮大王办件事。”

穿山甲身子一颤，不情愿地抬起头来——他的脸已经不再流血，只是双颊肿得像两个馒头。

我狠狠在胳膊上拧了一下，忍住没笑出来。

穿山甲没好气地瞥了我一眼：“干吗？”

苍天，这帮天杀的是要把我气死才算了结。

我忍住怒火，强行挤出了一个微笑：“刚刚那人极有可能去而复返，你擅长遁地，帮我偷偷跟上他。”

“不。”穿山甲晃了晃头，“我受伤了。”

如此言之有理，我竟无从反驳。

我把手搭在穿山甲的肩膀上，稍稍用了点力：“你不用靠近，只需要远远盯着那人就行，事成之后，大王奖给你一瓶穆长老的神奇膏药，保证让你的脸恢复如新。”

穿山甲小眼一转：“三瓶！”

我急忙讨价还价：“两瓶！”

“成交。”穿山甲颇为得意地点点头，身子猛地一缩，钻进土里不见了。

“同为一窝妖，彼此心不齐。本是同根生，相煎何太急。”我无奈地叹了口气，一时间黯然神伤。

这时，沉重的拐杖声从大厅外传了进来——穆长老走到门外，胸前的口袋里鼓鼓囊囊，仔细一看，原来是好几颗鸡蛋。

“小玉，借口锅。”

“做什么？”

“煮蛋。”

【四】

个大圆润的鸡蛋在沸水里滚来滚去，在一片白茫茫的水汽中，穆长老疯狂地咽着口水。

虽然对她煮蛋一事见怪不怪，我仍不禁问了句：“穆长老，这锅里煮着的是什么辈分啊？”

这个问题似乎有些困难，穆长老想了好一会儿才说道：“穆家第五十系后代，不过也难说，毕竟它们是孵不出来的。”

穆长老是个母鸡精，下蛋、吃蛋是她的日常。她活了五百岁，十年为一系，如今的子孙已经排到了第五十系。

这种行为想想还真是残忍，但其实并没有什么，因为我也吃过穆长老的鸡蛋。而且别说，味道确实极好，那叫一个浓郁爽口，令人回味无穷。

穆长老剥着蛋壳，说道：“那男人你见过了吧？”

“什么男人？”

"命中注定的男人。"穆长老满脸的皱纹攒在一起,"你俩交过手了,怎么样?"

我心中大惊,若真按穆长老所说,方才那个私闯山洞的男人竟是我命中之人。

荒谬!

可是拿人手短,吃人嘴软,我嘴里吃着鸡蛋,自然不方便反驳穆长老,只能含糊地回应:"人模狗样的,还算周正!"

穆长老"咯咯"笑个不停,连连点头:"那就好,那就好。"

好个屁。我腹诽,表面上却也跟着穆长老笑起来,毕竟,鸡蛋是真的好吃。

穆长老把锅里剩下的两个鸡蛋捞出来,放到我面前,一脸严肃:"小玉啊,这两个鸡蛋你拿着,千万别丢了。"

"那我可以现在把它们解决掉吗?"

"不行。"穆长老瞪了我一下,"揣在身上,等该吃的时候再吃,它们可是决定你姻缘成败的关键。"

穆长老的话向来管用,我虽然暂时想不通,还是按照她的吩咐把鸡蛋用手帕包起来,放在了身上。

穆长老拄着拐杖站起来:"吃饱了,我就回去了。"

"去哪儿?"

"小黑屋,七天禁闭刚过去了三天,还有四天呢。我年纪大了,也不爱凑热闹了。"

穆长老说话时神色平淡，不像在跟我怄气。她拄着拐杖，站起来朝外走去。

我急忙喊道："穆长老，我还有事要问您呢。"

"不必了。"穆长老又"咯咯"笑了两声，"一切都自有安排，你会知道答案的。"

我看到穆长老的背影，恍惚间，竟发现她又佝偻了几分。

不多时，阿竹疯了似的跑了进来，他肩上扛着穿山甲，衣服被穿山甲的血染红了大半。

我迎上前去："这是怎么了？"

阿竹泪眼汪汪："大大大……大王！"

我按住他的肩膀："快说事！"

"我……我发现穿山甲的时候，他已经晕倒在青木洞前，背上刻了一行字，我还没来得及细看。"阿竹一边说着，一边又哭得梨花带雨、我见犹怜。

我走上前去看穿山甲背上的字：

尔等的下场皆是如此

今夜子时望月崖，你我决一死战

和阿竹胸口上一样的字迹。

穿山甲浑身密密麻麻全是伤口，鲜血淋漓。我心中大恸，怒上心头："现在什么时辰？"

"亥时三刻。"

“你们在洞中守着，我去去就回。”

“大王保重！”

阿竹的声音落在身后，我手持宝剑，毅然走向山洞。

【五】

青木洞外火光摇曳，燃烧的火把在夜色中狰狞得像一头头凶兽。

我刚走出洞口，就被一群村民围住了。他们高举着锄头粪耙，怒气冲冲。

“这又是怎么回事？”

来了一个姓顾的还不够，这帮村民竟也跟着闹起来。好在我常和他们打交道，眼前的这些人中也不乏熟悉的面孔。

我指了指第一排中间的在村口卖酒的老李头，叹道：“老李啊，我常去你家买酒，你我也算半个熟人，你说，你们为何来我青木洞前闹事？”

谁知那老李年过半百，此时竟似听不懂人话，他双目圆睁，大叫道：“你个臭妖怪，虽然我卖给你的酒贵了些，你也不能把我的孙儿抓走啊！臭妖怪，你还我孙儿！”

这边老李头还没说完，那边卖胭脂的孙大娘也喊了起来：“你还我孙女，你还我孙女！”她扯着嗓子哭号，下一刻竟然“哦呜”一声，悲伤过度抽了过去。

我：“……”身体不行就好好待在家里嘛！

什么孙子、孙女，我堂堂青木洞大王，此刻竟成了他们口中的强盗。

我满脑子都是望月崖上的约战，根本没有工夫理会这帮村民，于是心念一动，片刻间现出了妖形——一只尖牙长耳的兔子。

民间有句俗话说“怎么可以吃兔兔”，凸显了兔子的可爱。但当这可爱之物放大了百倍出现在人们面前，其效果便不是一个“恐怖”能形容的。

如我所料，片刻之间，山洞前的村民见鬼似的大叫着，四散而逃。

那老李头还算有情有义，逃命的时候竟不忘拖走昏过去的孙大娘。

真是邻里一家人，互助大家亲啊。

我心想，若我能活着从望月崖回来，一定要邀请老李头来青木洞演说一番，让蛇妖和穿山甲那帮家伙好好学一学互助互爱的精神。

事态紧急，我耽搁了一下，便赶到了望月崖。

那姓顾的男人先我一步到了，此时正背对着我坐着，一柄长剑搁在手边，他一身白衣披着月光，竟生出了一种视死如归的决绝。

我冷哼一声，抢占先机道：“我青木洞楚红玉不杀无名之辈，你速速报上名来！”

不卑不亢，中气十足，我心想，输人不输阵，即使技不如人，也要在气势上压人一头。

没想到那姓顾的连头也不转，淡淡道：“游侠顾清河，年二十一，家住洛南城玉溪村，家中父母早亡，仅剩一兄。”

怎么像是上门提亲的？

我眼前突然闪过穿山甲的惨状，忙怒斥道："废话少说，如今时辰已到，快快动手吧！"

"也是。"顾清河拿起剑，转身面向我，竟躬身道，"顾某有一事相求。"

这……这怎的还不按套路来，我心中警惕不已，但是见他态度诚恳，只好应道："有事快说。"

"若此战顾某战败身亡，还劳烦姑娘收敛顾某尸身，将其送回顾某的家乡。"

我微微一怔，下一刻只见顾清河拔剑而出，喝道："请姑娘赐教！"

刹那间，风起云涌，天地变色。

顾清河的剑法凌厉至极，我运足妖力，才能勉强与之抗衡。但我近年来疏于修炼，剑术生涩，不过短短半刻钟，身上便多出了两道伤痕。

我的手被剑柄磨得生疼，原本满腔的怒火也被夜风吹去了大半，此时仔细一想，发现事情何以至此。

穿山甲身受重伤，但并不致命；顾清河硬闯我山洞，喝光了女儿红，我也可以大人大量，不与他计较。

如此一来，我无非是要讨个公道，与这姓顾的讲一讲道理，何必以命相搏。

这样想着，略一失神，身上便又多了一道伤口。我狼狈挡开顾清河一剑，仓皇退后。

我疼得龇牙咧嘴，根本顾不上平日里的淑女形象。顾清河攻势迅猛，我只好一边闪避一边大叫：“姓顾的，女儿红的事本姑娘便不与你计较了；至于穿山甲的伤，你也不用完全负责，疗伤用的钱全由我出。”

本姑娘好言好语，这顾清河竟全然听不懂一般。

他运剑如风，喝道：“废话少说，你做了坏事，今日便由我替天行道！”

我心头一惊，莫非，那件事竟被顾清河知道了？

我胸膛失守，肩膀上又中了一剑。简直欺妖太甚，兔子不发威，你当我只会啃萝卜！

我心口一热，身形暴涨，片刻间便现出了妖身，接着抬起前爪往前一拍，狠狠把顾清河击退了去。

“老娘不就是藏了个小金库，虽然有错，但你也不用下这样的狠手吧！”

我越说越觉得委屈，收回前爪，嘤嘤嘤地哭了起来。

委屈是真的，丢人也是真的。

女孩子的眼泪对于男孩子来说，果然是最有力的武器，顾清河顿时愣住了。

我又羞又恼：“不许看，没见过女孩子哭呀！”

顾清河一怔：“不，我还是第一次见兔子哭。”

喊，我也是第一次遇见这么不解风情的男人。

顾清河看着我，终于暂时停下了攻击：“那些村子的小孩，真的不是你掳走的？”

我收回妖形，哭道：“小孩？什么小孩？我最讨厌小孩了！”

顾清河皱起了眉头：“青木洞附近的村子丢了一些孩子，村民们说，是被洞里的妖精抢了去，所以我这才闯进青木洞。真不是你？”

回想起方才青木洞前的那些村民，我隐约明白了什么。但小孩子又哭又闹，简直比唠叨起来的穆长老还要可怕。

我摇头道：“天地为鉴，绝不是我。”

虽不是我，却极有可能是洞中的其他妖怪。

“这，那……”顾清河的脸竟然红了起来，他朝我看了看，眼神闪躲，“我，你……”

不得不说，这般模样的他竟有点可爱。

我白了他一眼：“什么你啊我的，这件事情怕是有人，不对，有妖在幕后操纵，当务之急是把那个天杀的揪出来！”

不管是谁，老娘都要胖揍他一顿，再罚他一个月不许吃饭！

这样想着，头顶上方的月光蓦地暗了下来，我看到顾清河脸色变了，接着在一阵巨响之中，我跌进了一处柔软的地方。

天地震颤。

【六】

空气中弥漫着尘土的味道，我睁开眼睛，却发现周围一片昏暗，只有石头的缝隙中透着几束月光。

顾清河坐在一旁的角落，右手捂着左臂，脸色苍白。

“你还好吧？”我凑上前去。

“还好，只不过左臂受了点伤。”他的声音十分虚弱。

想起刚刚一瞬间顾清河把我护在怀里的情景，我心跳加快，嘴巴却笨拙了起来：“谢谢……谢谢你。”

顾清河摇摇头：“你没受伤吧？”

“没……没有。”

可恶，这结巴定是从阿竹那儿染来的。

“有人从山顶上落下巨石，把我们困在了这儿，我方才试了一试，石头太重很难推开，至于其他地方，暂时没有发现出路。”他看了看我，“之前误会了你，抱歉！”

“没没……没事。”我急忙岔开话题，“把我们困在这里，幕后之人定还有其他的行动，我们得尽快脱身。”

话音未落，我的肚子竟不合时宜地叫了起来。刚刚的战斗耗费了太多的妖力，此时竟饿得不行。

摸出揣在怀里的两颗鸡蛋，我伸手送出一颗，问道：“这是穆长老生的……青木洞特产的鸡蛋，味道很好，你要不要尝一尝？”

顾清河愣了一下，接过我手中的鸡蛋，小声道了声谢。他把鸡蛋捧在手心，没有吃只是问道：“你平日里也是这样和村民做交易的？”

说到做买卖，我瞬间来了兴致：“你从村子赶往青木洞的路上，可曾看到两个特别大的草场？”

顾清河点头：“看到了，草场上还有成群的牛羊。”

我拍拍胸脯，心中燃起了身为畜牧场场主的自豪：“那两个草场以及牛羊均是青木洞所有，我们平日里便用成熟的牛羊来和附近村落的村民交易。

“除此之外，我还组织大家定期上山采药，采来的药材也拿来换取钱粮。

“说到做买卖啊，最关键的就是诚心一颗，我们青木洞的牛羊肉质肥美，而且价格公道，童叟无欺，所以村民们才这样喜欢和我们交易……”

我滔滔不绝分享着自己白手起家的辉煌经历，顾清河却哧哧笑了起来。

他看向我，一挑眉：“你这样的妖我还是第一次见，挺特别的。”

“你你你……”一瞬间，我的脸热得滚烫，“你这是做什么？”

我表面故作生气，实则欲拒还迎，期待顾清河更多的称赞。

只见月光映照下，顾清河嘴角一翘，开口道：“也挺傻的。”

这……这又是怎么个说法！

我一愣，接着就听顾清河说：“我来时听村民说，青木洞里的大王是个姑娘，长得俊俏，脾性也好，就是……”

“就是什么？”

“就是有点傻。旁人四两银子一头牛，到她这里只卖二两，收钱的时候还乐呵呵地傻笑个不停。”

我僵在原地，心里计算着过去几年的损失，只想哭天抢地号啕大哭。可穆长老说，矜持文静是女孩子最好的品格，在顾清河面前，我要忍住。

我闷声道：“所以他们以为我察觉到了，一怒之下抓走了他们的孩子？”

“是。”顾清河眼中带笑，“不过我现在觉得，虽然傻了些，倒也分外可爱。”

他笑的时候眉眼弯弯，十分好看，我一时竟看得痴了。却不料下一刻，我身子一软，竟瘫倒在地变回了原形——一只巴掌大小毛茸茸粉嫩嫩的红玉兔。

穆长老又说过，平时出门用人形，战斗时化妖形，只有在心上人面前才能变回原形。

可……可是，此时我分明是因为体力不支才变回原形的。

“羞死了！羞死了！”我急忙往石缝里钻。

顾清河却先我一步，把我拎起来放在了手里：“这便是你的原形，也很可爱！”

他的掌心暖暖的，我不由得一愣神，前爪抱着的鸡蛋脱手而出，摔在了地上。

蛋壳应声而碎，里面竟流出金色的浓浆。浓浆香气扑鼻，却不是鸡蛋的味道。而片刻之后，浓浆的香气竟引来了两只老鼠。老鼠从一旁的石缝钻出来，围着浓浆打转。

我恍然大悟，原来这就是穆长老口中的玄机！

我急忙对顾清河说：“跟着这两只老鼠，说不定能找到出路！”

两只老鼠把地上的浆液舔了干净，又合力抬起破掉的鸡蛋，沿着原路钻进了石缝。

顾清河把我放在肩上，右手拿剑开路，紧跟在老鼠后面。说来也奇怪，老鼠路经的石头竟脆弱得出奇，轻轻用剑一碰，便豆腐似的裂开。

真是人算不如天算，当最后一堵石壁破开后，出现在我们面前的竟是我卧室后的一截密道。

“这是通向青木洞的密道，我知道开启的方法。”我顿了一下，两只前爪扒住顾清河的脖子，“不过，你得答应我一件事！”

“什么？”

“不能再在洞里的妖怪身上刻字！”

顾清河迟疑道：“刻字？什么？”

他的反应与我被质疑捉走小孩时如出一辙，我猛地一惊，原来刻字挑衅一事竟也是假的。

“那穿山甲也不是你打伤的？”

“不是。”

“那你为何会出现在望月崖？”

“我收到了一张字条，上面说，你约我在望月崖一战，若我赢了，你便放了被掳走的孩子。”

一连串的场景从我眼前闪过——当初前来报信的是阿竹，发现并带回穿山甲的也是阿竹。我呼吸一滞，竟找到了令我难以接受的答案——幕后之人，十有八九，便是阿竹。

他掳走村民的孩子，借此引来顾清河；之后打昏穿山甲，假传消息，为的是让我和顾清河斗得两败俱伤，以便他从中获利。

可是，他究竟想做什么？

【七】

青木洞大厅中血气弥漫，当我赶过去时，激战已经结束。

洞府妖精的尸体散落遍地，阿竹瘫在地上，手里大刀上的血迹还没有干。

他看着顾清河和顾清河肩上小小的我，发疯似的大笑了起来："杀光，杀光，把你们都杀光！"

我从顾清河身上跳下去，想要走到阿竹身边，却又被顾清河抓在了手里："别去，太危险了。"

我挣脱不了，只能看着阿竹又哭又笑："那群凡人烧了竹林，毁了我的父母兄弟，只有我一人逃了出来，但也元气大伤。三年前我投奔到这儿，原以为能借青木洞之手屠戮凡人，却没想到你楚红玉竟是个傻子，又是养牛又是养羊，竟跟凡人做起了交易！还说什么邻里和睦，和气生财，真是可笑！更可笑的是你手下这帮妖怪，听到你死了的消息后，竟也不愿同我下山杀人，反倒拼死阻止我。楚红玉，他们和你一样可笑！”说着，他吐了一大口血，仍是又哭又笑，状若疯癫。

想到与他共处了三年，我却没有察觉出异常，以至于让他走到了这一步，我双眼发胀，鼻子也酸了起来。

“那些孩子呢？”顾清河问道。

阿竹冷笑不止，下一刻，头一歪没了生气。

大厅里死寂一片，我看着满地尸体，蓦地，有一种荒诞至极、恍若隔世的感觉。几个时辰前还在我面前活蹦乱跳的伙伴，此时竟都冰冷冷地躺在血泊之中。

我泪流不止，顾清河张了张嘴，似乎想安慰我，却没有说出话。

“叽！”

“叽叽！”

微弱的叫声从顾清河的袖口传出，循声看去，只见方才我给他的那个鸡蛋从袖口滚了出来，跌在地上。

蛋壳碎裂，一团黄澄澄的绒毛从裂口处钻了出来——竟是一只雏鸡。

还未来得及惊愕，又见光芒一闪，地上的蛋壳化作无数光点，四处飘散，缓缓融进了周围的尸体里。

各色的光芒倒映在我和顾清河的眼中，只见地上那些尸体周身发着光，体积渐渐缩小，变回了修炼最初的原形——穿山甲、青蛇、狸猫……

它们像初次降生一般，好奇而机警地打量着周围的环境，不一会儿便四散而去。

竟是又一次新生。

“叽！”

雏鸡啄了一下顾清河的鞋面，接着掉头朝大厅外走去了。

我恢复了一些力气，从顾清河手上跳下来，化成人形。

“跟上它！”

我拉起顾清河的手，跟在了雏鸡后面。顾清河支吾了一声，没有挣扎。

一鸡两人在洞府里绕来绕去，最后来到了青木洞的深处。我们面前是两扇木门，木门之后是青木洞储藏粮食的仓库。

门向两侧缓缓打开，露出后面一群模样惶恐的幼童。他们有的已经睡着，更多的则是瞪着眼睛，又惊又怕地看着我和顾清河。

一个扎着冲天辫的男娃跑了出来，一把抱住我的大腿，哭喊道：“阿娘！”

我双眼一瞪：“叫姐姐！”

不料，那男娃哭得更凶了：“阿娘，二狗好害怕呀！”

有人带头，密室里的孩子全都哭了起来，我一时间手足无措，却见顾清河弯下腰来，一个个抚摸孩子的头。

他从怀里掏出一方手帕，打开来，竟是花生糖：“别哭别哭，阿爹喂你们吃糖，好不好？”

我心头一颤，暗叫不好——这男人，竟然该死的温柔。

有糖吃，孩子们的哭声渐渐止住了，连二狗也不再哭爹喊娘，只是仍抱着我的腿不放。

他看看我，又瞅瞅顾清河：“阿爹真好，阿娘也漂亮！”

我：“……”看在夸我漂亮的份上，便不与你计较了。

脚边的雏鸡发出一声脆鸣，翅膀一抖竟化作一摊黄土，黄土上写着几行字——天赐良缘，望君珍惜；山高水长，后会有期。

眼泪流过脸颊，我却又笑起来。我知道，这是穆长老留给我的祝福。

【八】

当我和顾清河把最后一个孩子送回家的时候，天色已经微亮。

阿竹所化的翠竹被我栽在了青木洞前能一眼看到日出的地方。

我看着湛蓝的天空，心里像是空了一处，正自顾自伤感时，一只手却被顾清河牵了起来。

“我家里没有陈年的女儿红，但有新酿的桃花酒。”

“嗯？”

“那里没有大山，只有一条浅浅的小溪。”

“嗯？”

“我大哥性子有点急躁，但待人很是热情。”

“嗯？”

“你愿意跟我回去吗？”

“嗯。”

轻快的鸟鸣声从远处飘来，天空之中万里无云，日色晴好。清风拂过山洞外的翠竹，竹叶轻轻摆动，像是在送别故人。

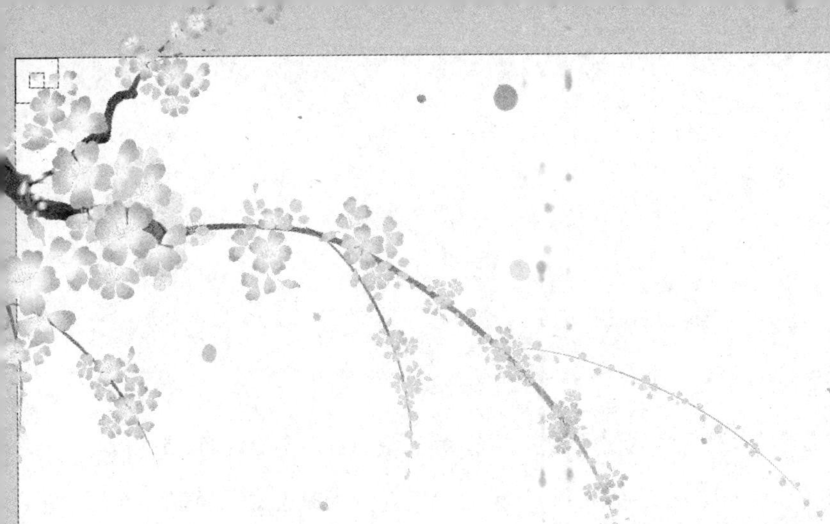

夜神丢了颗星星

文 / 叶鲸落

“这数百年来你错过的太多，”他紧握我的手，神情温柔道，
“我想带你去见未见之景，做未做之事。你可愿意？”
“我愿意。”

【一】

长老司藤提议让我做山君的时候，说实话我是很不愿意的。寸云山许久没有山君主位，治山供奉什么的靠的都是大家自觉。自觉之后的场景，便是眼前这座荒山。做山君，就得守着这座要啥啥没有的荒山，养着这群吃啥啥不剩的妖怪，委实辛苦。

但司藤那两只长得水灵灵的小崽子一声“山君”将我叫昏了头，我美滋滋地应了声，他们便认为我应允了此事。正慌忙要解释，台下一众老小瞪着幽幽双目像要把我吃了般，我便很识趣地咽下了那句不识趣的话。

罢了，反正我也无依无靠，就搭伙过吧。

我学着别的山君搞个“休养生息”的政策，只是寸云山实在是太穷，休养生息后那几棵山楂树结的果子都喂不饱大家的肚子。我心一横，咬着牙道：“我们打劫吧。”

原以为他们好歹会矜持一番，毕竟前两任山君都是很正直的神仙，不让他们做这勾当。没想到，他们一个个摩拳擦掌，比我还积极。

呵，妖怪。

然而我还是心太软。遇到赶考的羸弱书生，我不忍劫；遇到出嫁的妙丽娘子，我也不忍劫。眼见着天就要黑了，我瞥了瞥饿昏的一众人，小心脏一紧，要是再不劫点什么，估计他们就得劫我了……

于是西边的太阳一落，我便从树丛里冲了出来，对着来人喊道："此树是我栽，此路是我开，要想从此过，留下宝贝来！"

先前这番话我在洞中准备了那么多遍，都是疙疙瘩瘩不成句子的，不料真到了紧要关头倒还挺威风流畅的。

"哦？"一袭青色长袍的男子嘴角微微扬起，眼里似有几分促狭，指着路旁一棵参天大树，"你可知它学名为何，习性为何，树龄又为何？"

方才躲在树丛中我只见到有人影便冲了出来，并未注意来人的面容。现如今走近了一看，倒是被他那张俊美的脸给唬住了片刻。

树丛里的司藤压低嗓子唤了声"山君"，才将我的思绪拉了回来。我干咳了两声，整肃神色道："小子，莫以为会说几句人话就能唬住本君。"我也不知哪儿来的色胆，竟用手捏了捏对方白皙的下巴，"今日，本君是劫定了。"

男子不慌也不恼，慢悠悠道："椿树，喜光。"

嗯？

他拂开我的手，眼中又出现了方才的促狭。我瞪着双目，见着他朱唇轻启，一字一句道："一千年前，本君亲手所植。"

我神色一紧，望向已经开溜了的司藤的背影，才明白他方才唤我并非是让我抓紧时间，而是莫要在前任山君面前造次。

这种场面该如何应对，山君手册里可没有写。我只好一直赔笑，希望能用自己真诚的笑容感动他。

在我快要笑到嘴角抽搐之前，这位面无表情的神仙总算发了慈悲，皱了皱眉头示意我停止。

我暗舒一口气，青衣神仙开口道：

“带我去见司藤。”

【二】

我站在洞外，焦灼不安地揪着衣角。青衣神仙与司藤在洞中交谈已过了半个时辰，莫不是在商量该怎么惩治我这般胡闹的山君。

“不会的，不会的，莫要瞎想，”我连连摇头，宽慰自己，“我这么做也是为了养活他的前子民啊，总不至于惩治我这个大好人吧……”

说着说着，我竟被自己劝服了，陡然松了口气。

然而，司藤那两只形影不离的小崽子奶声奶气道：“可是，山君你捏人家下巴了呀。”

“……”

我能把他们从山上扔下去吗？

赶走了两只小崽子，里面的人也出来了。司藤笑得很灿烂，脸上的褶子都能夹死寸云山的蚊子了。

“可有什么东西要收拾？”青衣神仙突然问我。

所以，这是要赶我走的意思？

我剜了一眼笑得没心没肺的司藤，愤愤道：“没有。”

人情凉薄啊，当初拥簇我为山君之时那般殷勤，如今赶我走竟也毫不犹豫。

司藤却敛起了笑容，从袖中取出一把山楂来置于我手中，叮嘱道：“九重天不比寸云山，山君今后可要谨言慎行些。”

这年头，犯错改造还要上九重天的吗？

我正犹疑着，青衣神仙便长袖一拂，将我变成一颗山楂藏于袖间。待我反应过来，我身下已是万朵流云。

“神……神仙，”我还是有点恐高的，颤颤巍巍地喊，“您这是要带我去哪儿？”

“无尘殿。”

“去那儿要做什么？”这名字听起来也不像是什么施刑惩戒的地方啊。

青衣神仙瞥了我一眼，浅笑道：“擦星星。”

“啊？”我身子一哆嗦，不小心从袖子口滚了出去，好在他及时接住了我，保住了我的小命。

原来青衣神仙不仅是寸云山前任山君，也是天帝的长子，在九重天上司星辰，众仙都恭恭敬敬唤他一声“夜神殿下”。半个月前，他丢了颗星星，便很少布下完整的星辰，怕被别的神仙看出端倪。

星星们因不用夜夜挂在高空，精力多得无处使，总是打打闹闹，弄得浑身脏兮兮的，他便一直想寻个靠谱的小仙替他看管擦洗星星。

这小仙，阴错阳差便成了我。

“到了。”夜神轻轻抚了抚我的脑袋，我便自觉落地恢复了人形。

他说：“擦洗星星是累了些，但也不算什么难事，难的是要它们认可你。你先试试能不能捉到一颗。”

我连眨了好几下眼，一闭一睁，一闭一睁……也没见到一颗星星，只见到一片迷雾。仔细辨寻了许久，终于见到几抹淡淡的光亮，却忽地一阵暖风拂来。雾气又浓了些，冲得我眼睛直流泪，我只好闭上眼睛，凭借方才的记忆去寻找。

长生树的树根盘虬在地上，我一不留神跌了一跤，磕磕绊绊爬起，伸手去捉记忆里的那抹光亮。

“我抓到了！”我兴奋地叫起来。

这星星，不似我从前想的那般冰冷坚硬，竟有几分温暖与柔软。不像是星星，倒像是……

“你抓的……是我的手腕。”夜神清了清嗓子，整肃神色道。

我的心突然强烈跳动起来，尴尬得不知所措。我本该立即松手，解释解释，但我也不知哪儿来的执念，便认定星星就在这里。我只好讪讪说了句：“殿下，您别动。”

我踮起脚，像个调戏良家妇女的登徒浪子一般，指尖滑过他的腕子、掌腹……摸到了那颗他手中的星星。

雾气蓦地散去。

我睁开眼，手中拿着那颗星星，眼前是怔住的夜神。

“殿下的面色怎的如此红润，这是你们天上流行的妆容吗？”我很真诚地问道。

他没有回答我，轻咳了几声：“我还有公务在身，便不多陪你了。你与它们好好相处。”

我颔首应了声好，见他背影渐渐消失，心脏方才矜持了些。

擦星星的日子可真难熬。

这些星星调皮得很，明明半刻钟前给它们擦过身子了，仗着自己长得一模一样又跑到我跟前让我擦身子。天河里的水都被我的帕子洗脏了，却还有许多星星排着长队等我擦洗。

“你们就闹吧，”我靠在长生树下，气若游丝道，“等把我累死了，就再也没人给你们擦洗了。”

一颗亮一点的星星飞到我跟前，讨好似的蹭了蹭我的脸，娇声道：“我们也是因为喜欢你才肯让你擦身子的。”

其他星星连声附和，生怕我不信。

但我仍旧不开心。堂堂一个山君，竟沦落到靠擦星星挣钱养臣子，实在是憋屈。

躺了一刻钟，生怕夜神殿下前来监工，只好拾起我的帕子继续给星星们擦洗。好在它们还会说话，可以陪我唠唠嗑，我之前还以为星星都是不会说话的。

这些星星虽声音听起来像孩童，但已陪了夜神数百年，私底下都直呼夜神本名“容泽”。

容泽刚刚接管星星时，还是个不足百岁的稚童，曾陪它们嬉闹过，也曾被它们气哭过。但星星们说，它们做的都是些小事，容泽很少放在心上，唯有他那异母弟弟炎霖处处针对他，让他很是心伤。

这次星星丢了也与炎霖有关。

【三】

容泽生母唤云曾与天帝有一段情，因天帝已有婚约，唤云又不愿共侍一夫，便留在了寸云山。待唤云去世后，天帝不忍容泽一人守着那座山，便将他接回了九重天，让他掌管星辰。天后虽不喜欢容泽但明面上倒也相安无事。然而四殿下炎霖却处处找容泽麻烦，刁蛮至极。

小夜神勤勤恳恳，生怕父君失望，却在第一日便被炎霖挑衅弄丢一颗星星。好在后来星星归位，炎霖也被天帝罚去南海观音身边修身养性数百年，容泽这才过上顺心日子。

“虽说炎霖在观音身边修行数百年，但容泽的灵力绝对不在他之下，这次还真是挺奇怪的……”星星顿了顿，声音须臾间低了下去。

我的脊梁骨突然一凉，身后似有冷风嗖嗖地来——原来夜神真的会来监工啊！

为了不让夜神殿下觉得自己这笔月钱付得亏，我开始很卖力地给星星擦洗。结果，星星很不配合地来了句："流景，你要把我的皮给蹭掉了！"话未说完便跑到了夜神身后，低声呢喃像是在告状。

我正慌忙要辩解，夜神便轻轻拂开那颗星星，幽幽道："往后，我替你们多招些云来便是了。"

"为什么啊？"那颗星星疑惑道。

夜神嘴角微微上扬，淡淡道："你们自己洗。"

听到这话，我真忍不住拍手叫好：让你告状，这下惨了吧。

见我喜形于色太过明显，夜神淡淡瞥了我一眼。这一瞥，倒是提醒了我，若是丢了擦星星这份活，我该怎么去见寸云山的子民呢。我只好低头谄媚回了句："星星们每夜挂在高空还要努力发光已经很辛苦了，洗澡这么劳累的活，还是交给小仙吧。这是小仙的本分，也是小仙的荣幸！小仙……"

小仙编不下去了……

我低头低得脖子都僵了，却久久不见回应，讪讪抬起头时，见到夜神正垂下眼帘粲笑。

星星们围绕着他，莹白的光衬得他更是绝世无双。那抹毫无设防的笑，令我晃了神，脸上开始烧烧的。

"它们习惯了，你不必为它们忧心。"良久后，他敛了粲笑，又递给我一个小玉瓶，"天河水寒，你日日接触手怕是会冻伤，抹上这药膏会好些。”

摸着玉瓶，我心中一暖，关切问道：“殿下的星星可有消息了？”

他摇了摇头，沉声道：“我来这也是为了此事。我一人寻找总还是力量微薄了些，这九重天上唯有你知晓此事，我想……”

原来这药膏是封口费啊。我低头摩挲着瓶身上精致的花纹，喉咙霎时像被什么堵住了一般。

“我想你与我一同去找，这样快些。”

我抬头时与他四目相对，心湖突然开始翻腾。

这是怎么了？

我摸着烧红的脸，疑惑无比。

【四】

我只待过两个地方，一个是寸云山，荒山一座，一个是无尘殿，寂静无比。原以为世间其他地方差不多也都是这番模样，今日一见，才知原来凡间是这样精彩纷呈，美食更是令人垂涎。

比如，我手中这串裹着厚厚糖衣鲜红欲滴的糖葫芦。

摊主说，糖葫芦的精华便在于山楂，山楂肉要厚，核要少。西边最高的那座山的山楂便是这般，他也常常去那里采集，不知为何今年的果子不如以往了。

“西边最高的那座山……”我顺着摊主所指正要瞻仰一下那座宝

山，夜神却走近挡住了我的视线，温声告诉我东边有家酒楼的菜肴特别美味也极其抢手，要早些去才行。

听到有佳肴我自然是欢喜，顾不上看那座高山，兴冲冲往东边的酒楼奔去，点了许多店中名菜。吃饱喝足后，我摸着圆滚滚的肚子，向夜神解释道："这是为了待会儿天黑寻星星储备的精力，嘿嘿……"

夜神抿了口茶，笑而不语。

太阳落下后，没有星星点缀的天空总还是寂寥些。好在天边还有一枚弯月与我们做伴。

星星落入凡间之后便会成为石头，白日里与别的石头并无二异，只有在夜间会发出微弱的光芒。这座山因地形复杂杂草繁多，才被夜神列入查找名单上的最后一位。

兵分两路后，我拿着根路上捡来的树枝小心翼翼地翻找。夜神本是说好每隔一刻钟便会用铜镜与我传话，询问我近况。但因我翻找时总会出现一些惊喜，比如青蛇和地鼠，我无时无刻不在惊呼，他也省了询问。

我心知自己太过聒噪，翻找到青蛇什么的便忍着惊惧不再尖叫，连一闪而过鬼兮兮的白影我也忍住了。

"流景？"我安静下来后，夜神终于开了口。

"在！"我捏着铜镜兴奋得紧。

铜镜那头是须臾的沉默。我猜，是夜神殿下笑了。

“你若是怕了，喊叫出来也是无妨的。”

“我不怕。”我决定把这个话题接下来，思忖了会儿回道，“好吧，我确实有些害怕。殿下要是能陪我说些话，我就不怕了。”又怕空气待会儿会沉默，话尾处又连忙补了句，“或者讲故事也行。”

讲你也行。

静了半晌，铜镜那头的人又开始说话：“既然是在寻星星，那我便讲讲这颗星星的故事好了。”

真好，一颗星星也能有故事，像我就没有。

“这颗星星并不是第一次丢，在我初次布星辰之时，它便被我不小心弄丢了。找回来以后，它便再也没有说过话，却也因为这样成了我幼年时唯一可以诉说心事的朋友。它虽不会说话，但行为着实可爱，甚至常常恐惧自己会从天上掉下去，”他笑了，“你说，这世上怎会有畏高的星星……”

听着听着，我的心里突然犯了酸。我既想听他说话，又不想听他这般甜蜜地讲一颗星星。纠结之时，我便见到不远处有一抹淡淡的光。我兴奋地跑过去，却未注意到那是个滑坡，一不留神便滚了下去。

惊惧之间，听到夜神殿下一直焦灼地唤我。

【五】

夜神找到我的时候，我怀中紧紧抱着那抹光亮。

“可有伤着？”他有些紧张地问我。

我摇了摇头，笑着伸出那颗“星星”，颇为骄傲地邀功道：“你看。”

他接过那颗“星星”，半是好笑半是心疼。他用食指接住那抹光亮，温声道：“是只附在石头上的萤火虫罢了。”

原来虫子也会发光。原来这世上有那么多东西我不曾见过。

“对不起，是我见识短浅了。”我怏怏道，心中很是难过。

“原是我未保护好你，你又何必致歉。”他拿出帕子，替我轻轻拭去了脸上的尘土。

我紧张得不行，不敢直视他，只感觉到他均匀呼出的热气弄得我心里痒痒的。

扶我起来后，他又拟仙诀招来一朵祥云。

“殿下不再找星星了吗？”

“该寻的都寻过了，既然找不到，便是无缘。”他顿了顿，又道，“你不必唤我殿下的，可以随着星星们私底下那样，唤我容泽。”

我轻轻唤了一声“容泽”，是耳朵贴在嘴边也未必听得清的那种，可他却转过身来对我笑了。

回到无尘殿后，容泽让我先养好伤。

其实我身上只有一些被野蒺藜刺破的小伤口，碍不了什么事的，但我又怕这么说了会被抓去擦星星，便很愉快地躺在床上当起了病号。容泽白日里也有些公务要处理，却总是变着法地给我带些我未曾吃过的果子，但百果之中，我最喜青杏。

一日，我请仙童替我再取些杏子来，结果杏子还没到，煞神倒是来了。

“那日在山上见你，我便知事有蹊跷。果然是容泽在骗我！”穿着白色长袍的男子打量了我良久，气得用灵力打翻了我桌前吃剩的杏子核。

听这语气，我猜想对方应该就是那位弄丢星星的炎霖殿下。他说在山中见我，难不成那晚一闪而过的白影是他？

“我虽不知你在说些什么，但容泽殿下好歹也是你兄长，直呼其名未免少了些尊卑法度。”果然近朱者赤，连尊卑法度这样的话我竟也信手拈来了。

“尊卑法度？”炎霖愤愤拍了下桌子，怒道，“你一颗逃跑的星星竟然还懂尊卑法度？”

司藤拾我回洞中时，确实说我是从石头里蹦出来的，但那只是玩笑话。我怎么可能是星星？

炎霖正要转身离去，我也不知哪儿来的胆子抓住了他的袖子，喊道：“别走啊，把话说清楚些。”

他走得太急，我又抓得太紧，右边袖子竟被我这样扯了下来。我拿着那半截袖子，尴尬笑道：“天上的绸衣还真是不怎么结实呢，嘿嘿。”

“你……”炎霖脸上噌地冒出两朵红晕，连袖子都不顾便裸着胳膊往外跑去。

我呆坐在原地，只觉得这半截袖子隐隐散着股熟悉的味道。不知是不是殿中香炉太暖，我闻着这袖子竟有些头晕，前尘往事竟如雪花般片片飞来。

迷迷糊糊间，听见腰间的铜镜传来容泽与炎霖的声音，还有个年长些的声音，想来该是天帝。

天宫，大殿。

“父君闭关之际，兄长出言激我，儿臣一时失手打落一颗星辰，本是悔恨不已，便日日下凡寻找，想要弥补过错。”炎霖愤愤瞥了一眼容泽，继续道，“可谁知，兄长竟将遗落的星辰藏在了殿中。若不是儿臣觉得蹊跷去了趟无尘殿，怕是又要被恶人先告状。”

天帝捋了捋胡子，肃颜问道：“容泽，可有此事？”

“回禀父君，确有此事。”原以为容泽会周旋一番，却不料他竟这样承认了。炎霖撇了撇嘴，觉得索然无趣。

“但儿臣这么做只是让物归其位，并非有意欺瞒四弟。”

“吾儿这是何意？”

“无尘殿中的流景，的确是数月前遗落的那颗星星，但并非是数百年前遗落的那颗。她本是寸云山上的一只精灵，为了报儿臣收留之恩，才使用古术冒充了星辰。望父君明察。”

纵使天帝活了上万年，也未曾听过有古术能使人变成星星的。见天帝有些犹疑，容泽低声对着铜镜唤了声：“来大殿。”

原来，他一直知晓我在偷听。

【六】

听到有人要在大殿上现场变星星，九重天上那些有活干没活干的神仙全都挤进了天宫，一个个都满怀期待地盯着我。

被委托了这样的众望，我着实有些为难。数百年前，我之所以能变成星星，是因为我不想让容泽难过。司藤告诉我，有种古术能将精灵变成星星，但需得有很强很强的信念。要忘却所有，只记得自己是星星。我在洞中不吃不喝七天，醒来时便已经是一颗星星了，还是不会说话的那种，因为司藤并未告诉我星星是会说话的。

见我脸都憋红了，天帝莞尔一笑，示意我停止。不想再被炎霖恶狠狠地盯着，我便很自觉地退到了容泽身后。

"兄长还真是捡到个宝贝，还能变成星星。"炎霖上前一步，对着天帝作了一揖，"但冒充星星总归是坏了九重天的规矩，死罪可免，活罪难逃！"

躲在容泽身后的我听到后半句话，身子突然一抖。

"回父君，此前并无相关惩治，儿臣便自作主张，罚她在长生树擦了一月有余的星星。"

"擦……擦星星啊。"不知为何天帝神色突然一紧，瞬间憔悴了许多，拂了拂袖子，示意此事到此为止。后来容泽告诉我，天帝幼时犯错曾被罚去擦星星擦出了恐惧，认为擦星星是个很苦的刑罚，所以才没有再追究。

从大殿退下后，我便亦步亦趋跟在容泽身后。他走一步，我才走一步。这样本是相安无事的，他却突然停住步子转过身来，没反应过来的我差点撞入他的怀中。

“怎的突然怕我？”他将没站稳的我扶住，幽幽道。

见容泽还是那副有些傲娇的神色，我便知他没有料到我已恢复了往昔的记忆。

我自然不是怕他，只是记起了在我变成星星之时，某人觉得我不说话不会像其他星星那样八卦，便常常跑来和我说的那些心事琐事。什么父君的胡子太长像个老头，什么炎霖又弄脏了他的读本之类的，委实小孩子气。我走在他身后，不过是怕自己待会儿笑得太过分罢了。

想着不能将这事直白告诉他，我便转了个话题，问道：“你已将我从寸云山带回来，之后又为何还要去找星星？”

容泽干咳了两声，低声道：“那日我带了些酒，本是想借着醉酒之名假装遗失了你，放你个安生。炎霖却恰巧经过，同我说了几句话后又闹了脾气，还阴错阳差将你打落。既然如此，我也只好将戏给做足。”

容泽下凡寻我之时，我已化作人形被司藤识出捡回了寸云山。司藤将寸云山化作荒山，是想借我的不忍之心留住我，又拥簇我做山君，是怕我上了九重天没有像样的身份。而他苦心做这些，也是为了报我当年化作星辰救了容泽之恩。

“那日司藤告诉我，你是我收留的一只果子精，为了报恩，才化作星辰。”容泽轻轻理了理我额前被风吹乱的刘海，柔声道，“这样也好，不必一直藏着你。”

原来夜神殿下丢了颗星星，是因为他想把它藏起来。

我怔怔点了点头，灿烂笑道：“不过有一点我得纠正，我化作星辰不是为了报收留之恩。”

“嗯？”

“是因为我喜欢你。”

做果子精的时候，第一眼见到你便很喜欢。做星星的时候，每日听你说些琐事也很喜欢。

突如其来的告白倒是让容泽有些措手不及，整理我额前刘海的手指突然僵了片刻。良久，他开口道：“这本该是我先说的。”

我抬头与他四目相对，心湖再次翻腾。

原来这样是因为喜欢。

敛下眼睑粲笑时，我又嗅到了那股熟悉的味道。想了想，我对容泽说道：“其实，炎霖殿下也很喜欢你……当然，我们的喜欢是不一样的。”我解释了会儿，又说，“只是他喜欢的方式比较笨拙，做那些事本是为了引起你的注意，却不料适得其反。”

那时我挂在高空，因灵力太弱差点掉落，是炎霖出手相救。他白日在南海修习，夜间还要赶来为我渡灵力，常常因犯瞌睡被观音斥骂，但数百年来他从未断过一日为我渡灵力，生怕我再次坠落。我体内灵力与他同源，所以那半截残存着他淡淡灵力的袖子能将我的记忆唤回，他也能在我化作人形之后认出我。

他曾偷偷告诉我，他其实很愿意和容泽好好相处，只是每次都会搞砸，便以为容泽不喜欢他。

“难怪我那日说了句他在南海学了数百年仍旧没有长进，他会那样怒，原来是委屈了。”容泽若有所思道，眼里有几分愧疚。

我连忙将藏在柱子后面的炎霖拉了出来，走远了些想给兄弟俩一个冰释前嫌的机会。但我也走得太远了些，两人谈些什么我全然听不清，只看到容泽一直在笑。炎霖的表情倒是丰富些，由爱搭不理变成目瞪口呆，待容泽走后又开始傻笑。

好生奇怪。

“炎霖的表情着实精彩了些，你与他说了什么？”我问道。

“我见他闲来无事，请他帮我看管几年星星。”

“他看管星星，那我做什么？”

“这数百年来你错过的太多，”他紧握我的手，神情温柔道，“我想带你去见未见之景，做未做之事。你可愿意？”

“我愿意。”

我重重点了点头，心中欢喜无限。

折枝记

我心里有个人，总有一天
他会骑着白马来娶我。

SUISUI CHANGXIANGSI

故人梦

文 / 鹿拾尔

那时，懵懵懂懂从不知晓情爱的阿簌，
第一次知道了心动是怎样的滋味。
那是阿簌记忆中与北涯的初遇，是永生难忘的甜，亦是刻骨铭心的痛。

【一】北涯神君

传说，苍绝山是神仙居住的地方，凡人轻易不可抵达。

传说，只要亲眼见到了苍绝山上的神仙，便会得到他的指点，自此脱离凡世飞升为神，再不必经受生老病死轮回困苦。

虽然从未有人爬上去过，亲眼见到过神仙，可这一传说却在苍绝山山脚下的小村庄里传得神乎其神。但因为苍绝山山势险峻，多毒瘴沼泽，奇异妖兽，早前几个采药人进山寻草药都一去不复返。所以，即便是对神仙之说心生向往，也没人敢贸贸然前去。

阿簌不信这个邪，她是个孤儿，养父母早早离世，更是无牵无挂，便大胆地在同村的小伙伴面前立下誓言，要上山去寻一寻那位传说中的神仙，向他学一学本事。

同村的小伙伴都笑话她，学堂里教书先生的课都常常翘掉的她，怎么可能这么好运气，得到神仙的眷顾呢。

阿簌经不住刺激，一咬牙一跺脚，便背上她的小竹篓，独自一人上了山。

此时恰是梅雨时节，多雨水。

冰冷的雨水打在她脸颊上，生疼，可她却浑然不觉，哼着小调往深山走。渴了便饮溪水，饿了便食野果，困了便随便寻一棵粗壮的树，爬上去歇息。在梦里，她是威风凛凛征战四方的女神仙，受万人敬仰，好不威风。每每醒来，她都脸上带着笑，对神仙之说越发向往。

几日下来，她居然一路畅通无阻，并未遇到所谓的毒瘴沼泽、奇异妖兽。

这日，她尚在睡梦中。气温骤降，周遭忽而刮起一阵巨风，险些将她刮下树来。但下一瞬，仿佛有一双冰冷的手怜惜一般轻轻抚过她脸颊，再轻轻落在她唇上。

阿簌打了个激灵，猛地睁开眼。

那人倏地退开几尺远，她仿佛听见了他一声幽幽的叹息。这声叹息似穿越了千百年，隔着层层雾霭尘埃，轻轻落在了她耳畔，让她不由得一阵心惊。

阿簌揉揉眼睛，彻底清醒过来。

只见悬浮于空的那人衣袂飘飘，一袭白色长衫几乎要与溶溶月色化为一体，他墨发高束，眼眸沉寂落寞，周身气息清冷而遥远。

阿簌望着他出神，小声喃喃："是……神仙吗？你……是特意来接我的吗？"

那人上下将她一打量，平静地点头应道："吾名北涯，苍绝山北涯神君是也。”

阿簌眼睛一亮，不由自主重复他的名字：“北涯，苍绝山北涯。”

北涯一皱眉，似很不习惯被一个丫头片子直呼其名，他淡道：“你为何来此？”

阿簌回神：“神君可愿收我为徒？我天泽聪颖，又勤劳肯干，神君若肯收我为徒，吃不了亏上不了当的。”

这么一通自夸下来，她脸不红心不跳的。

北涯只思量了一瞬，便颔首应道：“好。”

阿簌一愣，从没想过拜神仙为师如此容易，她忙不迭爬下树，朝北涯三叩首，声音清脆道：“阿簌拜见师父！”

北涯侧身避了避，漫不经心道：“你叫什么名字？”

“我名唤童簌，住在苍绝山山脚的月落村里，今年十七岁，北涯……啊不，师傅你叫我阿簌就好啦。”阿簌笑眼弯弯。

北涯一怔，倏地抬眼，满眼都是阿簌看不懂的情绪。他犹豫了一瞬，轻喃道：“阿簌？”

阿簌喜滋滋地应：“哎！”

北涯眉眼一寸寸柔和下来，他朝着阿簌的方向缓缓露出一个清浅的笑来。

这笑容，让没见过什么世面的阿簌看呆了眼。

那时，懵懵懂懂从不知晓情爱的阿簌，第一次知道了心动是怎样的滋味。

那是阿簌记忆中与北涯的初遇，是永生难忘的甜，亦是刻骨铭心的痛。

因为，很久很久以后，午夜梦回之际，阿簌才骤然醒悟过来。

他唤的，从来都不是阿簌。

而是，阿素。

【二】

修仙的日子比想象的要无聊。

北涯神君并未带她在苍绝山过多逗留，而是径直将她带至天宫，将她丢给朝歌殿里专门教习术法的老仙君后，他便不见了人影。

阿簌天性聪颖，术法是一众学子中学得最快的。但她年纪轻，活泼爱玩，没几天，便再也忍受不住这么枯燥的课程。朝歌殿后有一处很大的桃林，桃花花开不败，煞是好看，阿簌最喜在此处逗留偷懒。

见她如此，老仙君虽气恼，却无可奈何，只能选择睁一只眼闭一只眼。

只因，她是苍绝山北涯神君的人，而北涯神君又是上万年前那位不可言说的神女的关门弟子。

北涯神君在神女灰飞烟灭后，孤寂地驻守苍绝山上万年。现下里，好不容易迎来了一位女徒弟，一身通天术法终于得以传承，让所有人都松了口气。

是以，天宫之人一见到她，都会恭敬地行礼，唤一句："阿簌姑娘。"

虽然说到底，她只是一个再平凡不过的凡人罢了。

这日，阿簌又拉着几位仙使在桃林中玩捉迷藏，几位仙使早早藏好，而阿簌眼覆白绫负责抓人。

她偷偷使诈，捏了个诀，用了几个新学的小术法，很快便捉住了其中几位仙使，可最后一个，却怎么也找不到。

阿簌也不急，晃悠悠地在桃林里转悠。寻了片刻，她翘了翘嘴角，径直朝某个方向一扑，果真扑到了一个身影。

阿簌打了个哈欠，揽住那人的腰，将头在那人后背蹭了蹭，笑嘻嘻道："哈，总算让我找着你了。"

那人身影一僵，却并未推开她。

阿簌手指在那人腰上胡乱摸了摸，疑惑道："只是姐姐，你怎么比昨日要壮了几分？"

"阿簌。"一个低沉的嗓音打断了她的自言自语。

阿簌一愣，不由自主松开了手。她慌慌张张扯下白绫，眼前果真是多日不见的北涯神君。

她嘴巴一翘，赌气想要埋怨几句，他为何弃自己而去，却还是抵不住心底的思念，欢呼一声扑入他怀里："师父师父，你是来接阿簌的吗？阿簌很想你。"

北涯一怔，沉默了很久才说："我也很想你。"

被亲自抓包后，阿簌再也无法任性妄为了，因为她被北涯带回了苍绝山，手把手亲自教导。

阿簌暗自心生欢喜，自己终于可以整日整日见到北涯了。

北涯很少笑，他性子淡漠，极其不近人情，对阿簌很是严厉。但，每次在阿簌偷溜到苍绝山山顶晒太阳逃避练习时，他还是选择了不闻不问。

北涯亲手教授她的术法很是厉害，名字叫"故人咒"，能让被施者陷入往日记忆之中，难以脱身，它不是一朝一夕就能练会的，可北涯却很想急于求成。

这术法狠厉，稍有不慎就会反噬，伤及自身。阿簌很是不解，自己不过想当一个无拘无束的小神仙罢了，为何要学习这类繁复的术法呢。

虽是如此，阿簌还是乖乖听话，一板一眼认真练习，期盼着得到北涯的认可。

每当她一次又一次失败，控制不住力道自空中坠落时，都会委屈巴巴地将伤痕累累的手臂伸给北涯看："师父，疼。"

而北涯只看了一眼就轻飘飘收回目光，淡道："忍着。"

每次练习结束后，阿簌浑身散架了般疼得站不起身来，北涯都会长叹一声，不顾她的满身脏污，弯腰将她抱起，再轻斥一句："傻瓜阿簌，怎么学都学不会。"

而阿簌则会一边呼着痛一边撒娇道："那师父日日都陪在阿簌身边教阿簌，一直到阿簌学会为止，好不好？"

每当这时，北涯的脸上才会露出一丝很轻的笑容来，他思绪飘远，神情恍惚了一瞬，承诺道："好。"

阿簌笑弯了眼："师父师父，你真好，阿簌最喜欢你了。"

有时候，她还会在心里默默补充一句："师父师父，你是不是也最喜欢阿簌呢？"

虽然这些个日子过得清苦，阿簌却很是满足。

只觉有北涯在的人生无比圆满。

可惜，老天却不这么想。

那日，北涯早早不见了人影，只余阿簌独自一人在树林里练习。

也许是她这日运气好，那习了许久的故人咒稍有成效，阿簌欢喜得不得了，便拖着疲惫的身子去寻北涯，想着向他邀一邀功。

喜上眉梢，她一时得意忘形忘了北涯的叮嘱，径直推开他书房的门。

见到北涯果真在里头，阿簌一喜，还未来得及开口，她满脸笑容便瞬间僵住。

北涯从不许她踏足的书房里，到处挂满了一位女子的画像，那女子模样清丽脱俗，眉里眼里说不出的英姿飒爽。她在画中或颦或笑，或喜或悲，或坐或立，每一个姿态都栩栩如生。

正在桌前作画的北涯看到呆愣在门口的阿簌，脸色一寒，用从未有过的冰冷语气呵斥道："出去。"

阿簌有些憋屈，所有的话语都堵在了嗓子眼里，却还是依言乖乖往外走。

临近门口时，她再度回头望一眼那画像，不由得心念一动，还是忍不住问："她……是什么人？"

北涯神君头也不抬，眼神是从未有过的温柔，他手指凌空缓缓抚过笔下画像里被细细描绘了无数次的精致眉眼。

他不辨情绪地答道："素水，苍绝山的素水神女。"

他嘴唇一张一合，轻轻喃出一个缱绻的名字："阿素。"

门口的阿簌一个踉跄。

也就是此时，她第一次从北涯口中知晓了素水神女的名字。

也就是此时，她在看到北涯神君那从不轻易流露的柔软神情时，心里仿佛刺痛了一下，酸胀的感觉一下子蔓延开。

【三】

阿簌向苍绝山上的小精怪打听了很久，才打听到关于素水神女的只言片语。

素水神女是开天辟地以来第一位女战神，术法通天，带领着整个神族征战四方。

她性子清冷孤僻，虽追求者众多，却通通婉拒了。数万年的光景里，身旁只余天资出众，被她一眼相中的北涯一个。

素水神女手把手教导北涯，待他极好，而他也不负她期望，短短时间便进步飞快，隐隐有超过她的趋势。

只可惜，万年前，素水神女因为恋慕魔族的苍澜妖君，惹怒了天君。

天君下令革去了她神女职位，让其魂魄坠入轮回之道，每一世都受尽苦楚，不得善终。

阿簌烦闷地掀去覆在眼上的树叶，眯眼直视着透过枝丫投射至她全身的星星点点阳光。她自嘲地笑了笑，想着，自己不该与这位神女置气的。

她是北涯的师父，说起来，便是她的师祖。北涯思念她，也在情理之中。

况且，偌大的苍绝山现在只有她跟北涯二人而已，她只有北涯，而北涯也只有她。

那素水神女，早就死了。

她一骨碌翻身起来，刚打算去寻北涯认个错，眼帘里便映入一道黑色妖风，那妖风极速朝北涯所居之处而去。

阿簌暗道不好，捏了个诀赶忙追了过去。

不过须臾，她便挡在了那妖风之前，持剑破风而入，厉斥道：“何人擅闯我苍绝山？”

妖风里那人不防向来空荡荡的苍绝山突然出现一个陌生女子，颇有些诧异，但他很快便显出身形，言笑晏晏朝阿簌打招呼：“小姑娘，北涯神君在何处？”

阿簌警惕：“你是何人？寻我师父做什么？”

那人神情变得有些微妙，他摸了摸下巴，颇有深意地戏谑道：“你是北涯的徒弟？”

阿簌慎重地点点头，手中长剑又逼近了几寸。

那人仍在笑，并不将阿簌的威胁放在眼里：“麻烦去传个话，就说魔族苍澜妖君求见。”

不知苍澜妖君与北涯说了些什么，总之，他自此便不客气地在苍绝山住下了。

北涯虽未赶他，却很不喜阿簌与他见面，还将阿簌练习术法的小树林用结界围了起来。

虽是如此，苍澜还是老喜欢往阿簌处跑，他也不打扰她，只是笑吟吟地躺在结界外的树上看着她。偶尔北涯不在，他还会与她搭上几句话。阿簌因着素水神女的缘故，对他没什么好感，但碍不过他主动相缠，一来二去，还是渐渐熟悉了起来。

而北涯也恢复了往日的教学，他丝毫不提那日书房之事，阿簌自然也乐见于此。

只是，北涯相比较之前，更加严厉起来，没日没夜地拉着她练习术法。他好似很急迫，一心想让阿簌快些成长起来。

饶是阿簌再能吃苦，到底是肉体凡胎，根本受不住这般强度。

唯一支撑她的信念便是，那是她最最喜欢的师父北涯呀，她不能辜负他。

可每每她双手脱力，径直摔倒在地时，北涯还是面不改色，看也不看她，口中诵读着需要牢记的口诀，一遍遍让她记下来。

这日，趁着有人来苍绝山拜访，阿簌终于得空可以喘息一会儿，便捧着水壶边喝水边散心，走着走着不知不觉走到了结界之外。

苍澜不知从哪里钻了出来，一见到阿簌伤痕累累的样子他便一蹙眉，拉着阿簌给她疗伤。可阿簌习得的术法本就是对付他这类妖魔的，又怎会有用？

虽然苍澜所施的魔族疗伤之法作用微乎其微，但他还是一遍又一遍不厌其烦地浪费着术法，不肯放弃。

阿簌看不过眼，还是推开了他："算了，你别白费劲了，我先回去了，等会儿师父回来了，定会责怪我偷懒。"

苍澜盯着她看了一会儿，嘴角勾出一个讥诮的笑来："从前的你可不会这般委屈自己。"

阿簌不知他这句"从前的你"从何而来，不打算理会他，捧着水壶便打算回那片小树林，苍澜却喊住了她。

"小阿簌，你可知晓我与北涯神君的恩恩怨怨？"

阿簌脚步一停，她自然知晓，他是北涯的师父素水神女的恋人，也是间接害死素水神女之人。

他是北涯的敌人，自然就是她阿簌的敌人。

"那你可知晓我为何要来苍绝山？"苍澜漫不经心道。

阿簌警惕摇头。

苍澜朝她招手，笑道："你凑近些，我告诉你。"

阿簌犹豫了一下，还是抵不过好奇心，朝他走近。

苍澜含笑看了她很久，思忖了老半天才若有所思道："素水神女，可能要回来了。"

阿簌一滞，手中水壶骤然脱手。

【四】

夕阳西下，林中温度渐渐低了下来。

苍澜告诉她，素水与他曾是一对恋人。

但因为当年神族魔族不和，知晓真相后的天君下令两人分开，素水性子倔强，选择与神族为敌，与苍澜二人亡命天涯。

能力越大，责任越大，谁都可以肆意妄为，唯独她素水不可以。

天地浩大，容不下属于她素水的一段神魔之恋。

天罚来得如此之快，本该与素水一同面对的苍澜，临时选择了退缩，全部责罚尽数落到了素水身上。

素水死后，苍澜郁郁寡欢了很长一段时间，他后悔了，他在等，等北涯来替素水取他性命，可北涯却没有出现。

直到近日，他感应到了属于素水的气息。

“原以为，是素水要回来，不想，原来是北涯新收了个弟子，传承了素水的故人咒。”苍澜苦笑着说，“看来是等不到素水来取我性命了。”

阿簌一直默默听他说着，既不说话，也不笑。

苍澜看她这反应，低笑一声，亲昵地揉了揉她的头发，叹道：“你呀，呆愣愣的性子真是讨我喜欢。”

阿簌并未注意到他在说什么，而是倏地抬头，满目仓皇地望向前方。手持伤药的北涯正站在不远处那跌落滚开的水壶旁，面无表情地注视着他们。

而苍澜此时也不紧不慢地抬眼，向北涯报以一个挑衅的笑。

他收起了尚未出口的下半句话——

但是，素水的故人咒不是人人都可习得的，稍有不慎就会被反噬入魔，更何况是她这样的肉体凡胎?

普天之下，能习得故人咒的，除了惊才绝艳的素水与北涯外，别无他人。

北涯不是如此冒失之人。

阿簌能如此轻易习得故人咒的皮毛，得到故人咒的眷顾，只有一种可能。

当夜，阿簌被北涯罚跪。

她本就因白日的练习疲惫到了极点，一连三个时辰的罚跪更是让她摇摇欲坠，几近倒下。夜风呼啸着穿堂而过，寒意遍及四肢百骸，但她还是强忍着不出声。

在她被冻到极致几乎要坠倒在地时，身后一双手扶住了她，暖意一点点被传入她体内。

不用回头就知道，是北涯。

“你可知错了？”北涯平静地开口。

阿簌不说话。

北涯沉默了一瞬，冷道：“你再如此性子散漫，便不要怪为师心狠。”

阿簌笑笑，承认：“嗯……我性子散漫。”

“当初是你主动要拜我为师，既然如此，就该好好学习术法，而不是……与那苍澜妖君搅和在一起。”

阿簌再度笑了笑，承认：“嗯……是我主动拜师。”

北涯蹲下身子，手指微微用力捏住她的下巴，直视她的眼：“答应我，不要再见苍澜。”

阿簌不服：“凭什么？”

“凭我是你师父。”北涯说。

他的眼神很冷，手指力道一寸寸收紧，仿佛只要阿簌拒绝就要捏碎她的下颌骨一般。

“不要再见苍澜……就因为素水神女喜欢他是吗？你嫉妒他？”阿簌喃喃。

北涯闻言微微变色。

阿簌继续道：“可是师父，你能控制我，那你能控制他吗？”

阿簌想起他房中的画像，想起他不知究竟是唤谁的那一声声“阿簌”，心下越发委屈，口不择言道：“你不喜欢我，还不许别的人喜欢我吗？”

话音落，阿簌自己僵了一僵，倔强地哼了一声，别开脸去。

北涯一愣，脸色白了白。他松了手，抿紧嘴唇不再理会阿簌，径直拂袖而去。

阿簌硬生生跪了一整个晚上，直到次日清晨才晃晃悠悠地站起来。

她想着，她与北涯的师徒情谊，到底该结束了。

她回卧房里收拾东西，左收拾来右收拾去，这才发觉，除了对北涯的不舍外，她并没有什么要带的。

背上她的小竹篓，阿簌恭恭敬敬地跪在北涯的书房前一叩首："多谢师父授业之恩，阿簌愚笨，可能并不适合当神仙，现在想通了，只想当一个普普通通的凡人，恐怕要辜负师父的一番好意了。"

里头长长久久都没有声音，在阿簌打算离开之际，窗户却突然映出一道红光，紧接着，书房的门自己打开了。

阿簌犹豫了一下，走了进去。

里头跟那日所见一样，到处挂满了素水神女的画像，唯一不同的，便是书桌上那幅尚未完工的画像亮着奇异的红光。

只消一眼，阿簌的全部思绪便被那画吸收了进去。

只消一眼，她便明白过来，那是素水神女在凡世的轮回。

素水所经历的种种，走马观花般在画纸上一一呈现出来。

第一世，她出生优渥的皇家，却从小受尽亲友欺辱，好不容易嫁得如意郎君，却再度被亲友利用，被害得家破人亡，郁郁而终。

第二世，她是一个惩恶扬善的侠女，可过二十岁生辰那日，被所爱之人欺骗暗害，七窍流血而死。

第三世，她是一个普普通通的道姑，终日在寺庙中打坐，却恋上了由身旁木鱼幻化而成的妖怪。没有人能容忍这骇世惊俗的人妖恋，那木鱼妖怪被道长做法收走，而她受不了民众的唾骂与嫌恶，自刎了。

……

每一世，她的身边都出现了一个一袭白衫的身影，他冲每一个她温柔地笑，温柔地教导她，试图改变她的命运。

第一世，他化为国师，暗中保护她，可他守得了国运，却守不了她的命。

第二世，他是策马扬鞭的翩翩公子，可他能护住无数暗箭对她的报复，却护不住她心爱之人对她的锥心一击。

第三世，他是寺庙的方丈，他能阻止她与外界接触，却阻止不了她对那木鱼妖怪一次又一次的回眸。

……

只可惜，每一世的素水转世都不曾理会他，而是从头到尾，满心满眼追逐着另外一个人。

他也终究无法改变她早已被预定好的悲惨结局。

那个人有着相同的容貌，相同的名字，那个人，是北涯。

一直到第七世。

转世小姑娘的脸影影绰绰看不真切，却让阿簌忍不住一颤。

画面中的她从小在一个小村庄里长大，亲生父母抛弃了她，养父母也早早辞世，村子里的人都怜惜她，她是吃百家饭长大的。

她从小便听闻了苍绝山的传说，平生最大的愿望就是当一个自由自在的神仙。当神仙多好啊，再不必经受生老病死轮回困苦。

可她却忘了，神仙哪，最是冷心冷情。

时光飞速，她很快便长大成少女的模样。

也就是此时，她第一次遇见了他，她一生中最最重要的他。

她嗓音清甜，止不住地追在他身后撒娇："师父师父，你是来接阿簌的吗？阿簌很想你。"

……

"师父师父，你真好，阿簌最喜欢你了。"

……

这一世，他终于是北涯，不必伪装成任何模样。

画面终于戛然而止，第七世的她前途未卜。

那画像，是被北涯施了故人咒。

阿簌一怔，看着归于平静的画像，这才发觉自己已泪流满面。她跌跌撞撞往门外跑，却在门外院子里正好撞见北涯。

外头不知何时下起了雪，他肩上发上落满了风雪，却抵不过他眉眼沉沉。

他在等她。

他对她说："素水，你还走吗？"

原来。

这是她的故事。

【五】

北涯第一次见到素水时，没料到她居然如此年轻。

毕竟，他早已在父辈们的口中听过无数关于素水神女的事迹了。

三百岁那年，她独自一人在西海斩杀了在凡世肆虐多日的妖龙；三千岁那年，她率领着一众神兵一举端了当年试图称霸天下的妖王老巢。

纵使他从小亦是天赋出众，受无数人称赞，也无法与全盛时期的素水为之匹敌。

是以，见到眼前那个清冷柔弱的女子时，他有些不敢相信自己的眼睛。

家中父辈与她商量着宴会的诸多事宜，而她眼风一扫，注意到了站在人群之中的他，她眼睛里突然漾起笑意。

“他是什么人？”她指着他，温和地问。

“那是犬子北涯。”他听到他的父君这样回答。

“哦，”她漫不经心地点点头，“我要他。”

此言一出，众人哗然。

后来，经由素水只言片语的解释，大家才明白过来，她一眼看中他的与众不同，想要亲自教导他。

素水神女术法通天，他的父君自然求知不得，赶紧唤他上前来：“北涯，快来拜见师父。”

于是，她笑着冲比她高了足足半头的他招手：“不必拘谨，叫我阿素就好。”

在父君严厉的眼神中，他放下昔日的孤傲，恭敬地唤道：“拜见师父。”

可在心里，他却一刻不停地唤着：阿素，阿素。

那时，心高气傲从不在乎情爱的北涯，第一次知道了心动是怎样的滋味。

那是北涯记忆中与素水的初遇，是永生难忘的甜，亦是刻骨铭心的痛。

千百年说长不长，说短不短。

有了素水手把手教导，原本枯燥的修炼也没有那么乏味了。

他不甘心只当她的徒弟，于是他一直勤于练习，试图得到她的赞赏，试图与她比肩，能堂堂正正地唤她一声，阿素。

但她始终不咸不淡，于是他那一句爱慕也迟迟不敢说出口。

好在，素水性子冷淡从不对任何人动心，日子久了，他便渐渐觉得，能长长久久地陪伴在她身边，也好。

可他怎么也料不到，变故来得如此之快。

向来冷心冷情的素水神女，居然爱上了别人，魔族魔尊最宠爱的小儿子苍澜妖君。

苍澜热烈大胆，毫不掩饰自己的心意，一下子让她动了心。

面对自己最亲近的徒儿，素水难得露出些小女儿娇态，她喃喃道："北涯，你说，如若我答应了苍澜，会不会惹人非议？"

北涯斟酌了半晌，终究还是不忍说出残忍的话来："师父开心便好。"

素水笑了，眼底流淌着从未显露过的情意："你说，比我好看比我温柔的女子比比皆是，苍澜他怎么会喜欢上我呢？"

北涯沉默了很久，才不辨情绪地说："你这么好，他自然会喜欢你。"

彼时的素水笑得如浴春风，而北涯却恍如置身严冬。

你这么好，谁会不喜欢你呢。

本想着，素水开心便好，自己不能也不该阻止她。却不想，那苍澜为了保住性命当了缩头乌龟。

当北涯千辛万苦找到被九重天雷劈到气息奄奄的素水时，她已经形如槁木心如死灰了。害她变得这样的，不只是天劫，更是爱人的背叛。

她像是抓住最后一根救命稻草一般攥紧北涯的衣袖：“北涯……你说……苍澜他怎会弃我而去？我……我是不是……做得不够好？”

“当然不是，你很好，阿素，你很好。”他笨拙地安慰道，却始终抑制不住素水满眼的绝望。

素水勉强笑了笑：“北涯……我不甘心……我……你帮我……你帮我……好不好？”

北涯沉默了很久，才涩声道：“好，我帮你。”

他有无数个亲手杀死苍澜妖君的理由，却抵不过素水凝望着他的一双泪眼。

这是素水的执念，她想亲手杀了苍澜报仇雪恨。

不论如何，他该成全她。

可素水还是死了，她的魂魄坠入轮回，天君要她受尽苦楚。

他上天入地找遍了法子才得知，让素水回来的方法近在眼前。只要转世为人的素水重新修仙，重新习得故人咒，前尘往事回归，即可。

他在凡世逗留了许久，一遍又一遍寻着素水的转世，久到他几乎要忘了自己是神族身份尊贵的北涯神君。

可每一世，“素水”都被凡世的情爱所羁绊，不肯静下心来修仙。

直到第七世。

这是最后的机会，倘若再失败，已经喝过六次孟婆汤的她便会彻底沦为肉体凡胎，无法再成为神族的素水。

他放出话去，说尽了修仙的好处，终于吸引了第七世阿簌的注意，让她主动上山来拜师。

当北涯好不容易找到阿簌时，她正在月落村里荡着秋千，她的身旁围满了月落村的同伴。

其中一人好奇地问她：“阿簌阿簌，你消失了差不多一年，真的去苍绝山了吗？你见到神仙了吗？”

阿簌一愣，这才明白过来，原来，天上一天地上一年什么的，是骗人的。

她克制不住地想起北涯，他一定等了素水很久很久吧。

“阿簌？”同伴唤她。

阿簌回过神来，笑嘻嘻道：“没呢，这世上哪有神仙？再说了，当神仙有什么好？日日修行岂不乏味？”

“那你在苍绝山上看到了什么？可有遇到什么重要的人？”

阿簌怔了怔，刚欲说话便听到身后传来熟悉的嗓音。

“阿簌。”是北涯的声音。

阿簌弯唇一笑，径直跳下秋千，遥遥指着看起来稍显落魄的他：“你们看，那就是我遇到的人。”

“阿簌，回来。”北涯说。

阿簌望着同伴们识趣离开的背影，老半天没说话。

北涯的神情出现了一瞬的松动，再度重复道：“阿簌，回来。”

阿簌无所谓地扯唇笑了笑，用无所谓的口吻问：“师父，这次，我可以像之前一样选择放弃吗？我可以放弃当神仙吗？我……你也知道的，以我爱玩的性子，是当不成神仙的，我想安安稳稳过完属于我阿簌的一世，可以吗？”

北涯深深凝望着，陡然沉默了。

阿簌不甘心，再度问：“你喜欢我吗？北涯。”

这次，北涯毫不犹豫地颔首：“我喜欢你，阿簌。”

阿簌一顿，蓦地苦笑一声，忽然抬腕擦了擦有些泛红的眼角：“哦，我明白了。”

他在说，我喜欢你，阿素。

遇见北涯，是她此生之幸，亦是她此生之劫。

她到底还是舍不得北涯，舍不得让他失望。

不论如何，她该成全他的。

纵使要她耗尽自己的生命。

【六】

彻底习得故人咒少则千百年，多则上万年。

北涯本打算慢慢培养阿簌，但因为苍澜的突然出现，打破了他这一计划。

他怕阿簌重新爱上苍澜。

在北涯打算将自身一万年修为渡给阿簌之际，苍澜不知从何处而来，他试图阻止："你确定真要如此？"

阿簌不理解他为何如此问，她笑着推开他的手："这不就是你们希望的吗？我只是，如你们所愿罢了。"

"可是……"苍澜欲言又止。

"嗯，我确定。"

阿簌笑着说，她不再看旁边沉默不语的北涯，缓缓闭上眼，故作轻松道："因为我只是一个普通的凡人而已呀，死了便死了，没有人会在乎的，不是吗？"

其实，她还是想问一问北涯。

你说你喜欢的，到底是昔日高高在上的素水神女，还是今日缠着闹着你的阿簌呀？

你待素水，是否也是如此？

可惜，她永永远远也无法得到答案了。

又或者说，她早就知道了答案，只是不肯承认。

苍绝山的故事里有素水，有北涯，有苍澜，唯独没有她阿簌。

素水在彻底恢复后，拥有着数万年的记忆，属于她阿簌的短短十几年根本就不足一提吧。

她想，她终究是个局外人罢了。

恍惚间，她忽而想起某日在苍绝山上，她突发奇想，便追在北涯身后问："师父师父，倘若有一天阿簌走了，要离开你，你会难过吗？"

北涯难得地笑了笑，似乎并没有把她的话当真："你会离开吗？"

阿簌笑眯眯地说："当然不会啦。"

因为，离开师父的话，阿簌会难过呀。

……

属于素水的神识一点点回归，她渐渐感觉自己的身体发生着某种变化，再也不属于自己。

她作为凡人阿簌的短短十几年，自此，终结。

如此，如此……也好。

【七】

素水足足沉睡了三百年。

属于北涯的修为和与他修为融为一体的故人咒唤回了属于素水的神族魂魄。可不知为何，她却迟迟不醒。

起初，苍澜每天都会来看她，渐渐地，他便不来了。只告知北涯，他会在老地方等着素水。

他在等什么呢？素水醒来第一件事便是来取他的性命，是他负了素水。

他在等他万年前没有兑现承诺的后果。

只有北涯，每日每夜地照料着素水，白日里，他会抱着素水到苍绝山之顶晒太阳，这是素水……又或者说阿簌，最喜欢的事情。

素水即将归来，这是他坚持了数万年的执念，可即将到来之际，他却不知是喜是悲。

这三百年里，他时常做梦，有时会梦到做素水徒弟的日子，有时会梦到素水在人间的那短短几世，但更多的，是梦到阿簌。

前六世，他从未动过心。因为他明白，凡人的生命如此短暂，即便她们是素水的转世，也终究不是素水。

可是为什么，他会对一个与素水完全不像的小姑娘上了心？

是从什么时候起？

是她踏过满地桃瓣，眼上覆着白绫，嘴角上扬径直抱住他的那刻起？

还是看到她与苍澜举止亲密，他心生妒意起？

又或者，是她开口唤他第一句“师父”的那一刻，就开始了？所以，那时的他，才慌慌张张将其送至天宫，试图躲避自己的感情？

他不知道。

他只知道，那个叫阿簌的单纯姑娘，怕是永远都不会回来了，怕是永远都不会原谅他了。

因为，连他自己也无法原谅他。

“北……涯？”一个久违的声音忽而在他身旁响起。

北涯一怔，不可置信地望向身旁的竹椅。身旁她的身影在光晕之中若隐若现，模糊了容颜。

他情不自禁地喃喃出一个名字：“阿簌？”

躺在竹椅上的她缓缓露出一个笑，她轻轻叹了口气——

“是我，我回来了。”

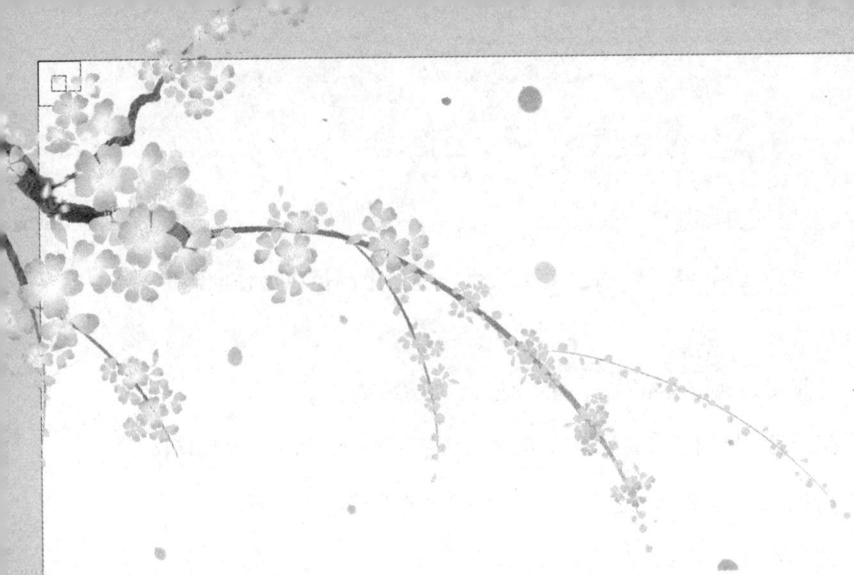

折枝记

文 / 三师公和二缺

顾归鸿却转移话题，抓着她的手也没放开：

“你看，月亮已经升上来了，让我想起一句诗。”

“什么？”

“花有清香月有阴。”

春宵一刻值千金，花有清香月有阴。

【一】

微雨众卉新，一雷惊蛰始。二月初五刚过，蜀中就开始湿润起来，蛇虫嘶嘶从草叶间钻过。

坐掌西南一带的武林门派是以医毒闻名的回春司，惊蛰这天是回春司照例分发祛邪丸的日子，若百姓们有其他冬日里攒下来的毛病，也能在这天来寻医问药。

可谓是回春司最热闹的日子。

初春料峭，回春司最小的弟子魏枝萝年方十五，整日贪恋床榻，今天却起了个大早，连早饭都没用就背着她的小药箱偷摸去占了个不起眼的摊位，不知打着什么鬼主意。

药市很快便开场了，摊位前人来人往，熙熙攘攘。魏枝萝心不在焉地派药，盼来盼去，终于盼来了她的闺中密友——知府家的三小姐淼淼。

知府家教森严，女眷轻易不得外出。魏枝萝虽不是官家小姐，却也没比淼淼好到哪儿去，回春司以医术毒术为主，不重外家功夫，在武林中不得男儿亲睐，所以偌大一个回春司，除了打杂的仆役，不管是司主长老还是弟子，皆为女子。

因此作为门派中最小的那个，魏枝萝受尽师姐们的管束。吃糖葫芦臭豆腐？不准。去茶楼听说书？不准。酉时都过了还没回来？不准。

幸得交了淼淼这个朋友，两人成日里飞鸽传书说说话，还算有趣。

“那本《碧桃传》你看完了没有？”魏枝萝一边佯装整理摊位摆设一边问便装出来的淼淼。

“看完了，我都看了三遍了。今天带出来还你。”淼淼给身边的贴身丫鬟使了个眼色，叫她赶紧把书掏出来。

然而，魏枝萝连连摆手：“别别别！你随处找个书铺卖了它吧，带回去让我师姐们发现我又该抄医书了。”

“啊？卖了多可惜啊。”淼淼一张俏脸苦了起来，“我还指望着哪天再重温一遍呢。温大侠真的铁血丹心，又意外柔情，对碧桃也是以命相护啊。”

“什么？你竟然喜欢温若扬？”魏枝萝表示惊讶。

“我跟你讲那种在现实武林里根本就不存在，长得好看的全是花拳绣腿，要么就是满脸胡楂的老大叔，练完功浑身臭汗连澡都不洗就睡觉的。还是九王爷谢桥好，为了碧桃一掷千金，管它是海里的还是天上的稀世珍宝，说送就送，又博古通今，还会写情诗，真真的风流倜傥啊！”魏枝萝满脸向往。

“嘁，你才傻呢。官场天家，哪个不是薄情寡义，泡在脂粉酒肉堆里长大的，哪里还会有什么真心。你不如承认了你就是喜欢谢桥的长相吧。”淼淼嗤之以鼻。

“承认就承认，谢桥长眉入鬓，目若桃花，不笑时高贵出尘，一旦看着你笑起来，眼里便是春水脉脉，宠溺极了。”

“我觉得温若扬才好看呢，星目剑眉，宽肩长臂，这才像个男人。”

两个少女顿了顿，互相瞧了对方一眼，继而同时偏过头去，“哼”了一声。

十五岁的少女哪有不怀春的，奈何魏枝萝和淼淼各有各的苦衷，连怀春对象也只能在这些杂书禁书里寻觅幻想。

药市黄昏前开始步入尾声，回春司众人收摊上山。酉时，天已经全黑，饭堂亮着灯，闭关许久的司主魏山萦竟然现身了。

她先是处理了些回春司里近来的事务，接着把魏枝萝叫到身边，抬手便是一顿揉捏，罢了，还感慨：“长大了啊，手感倒没有小时候好了。”

“今日我收到了一封试剑山庄的飞鸽传书，陆老庄主的余毒已经解得差不多了，让我近日再过去一趟瞧一瞧。这一去没有大半年是回不来的，今年我司招收新弟子的事情还劳烦几位长老了。”

众人没有想到司主刚出关就要走，很是失望。其中要数魏枝萝最为失望，她打小便是魏山萦亲自带着的，这位司主一向我行我素，但是术法高超，也不顾及什么门派规矩，带着魏枝萝从小野惯了，现在才被众师姐管得浑身难受。

还没等魏枝萝伤心完，司主就给了她一个“大礼包”：“枝萝和我同去。你飞云师姐特意在信中表明说想你了，邀你去扬州一聚。”

魏枝萝愣完神后立马滚回房里去收拾包袱，开心得想放礼花。

终于可以去外面玩了！

一路车马劳顿，魏山萦和魏枝萝师徒二人进入扬州时已经五月了，江南正是柳絮纷飞的好时节。与西南不同，这边吴侬软语，酒旗行人随处可见，连糕点都分外精致。

许是从前在此住过四年的缘故，魏枝萝回试剑山庄就像回家一样熟门熟路。再者说试剑山庄是名门正道中的第一者，修建得气派非凡，在扬州无人不知无人不晓，连官府也得卖几分薄面。

一进山庄，她们便被仆从们带往正厅与陆老庄主叙旧。魏枝萝表示自己还小，只想去找飞云师姐玩儿，就先行告退了。

等她进了后院才记起试剑山庄弟子下午要去校场练功的规矩。百无聊赖的魏枝萝决定干脆溜进飞云师姐的书房里找点点心吃。以前便是这样，飞云师姐偷偷写小字条告诉她书房地砖下有一块是空的，里面经常会藏一些点心或者有意思的小玩意。

谁料她刚打开房门准备闪身进去，便觉胳膊被人一拽。

略带薄怒的声音自魏枝萝身旁响起："何方宵小，光天化日之下闯我试剑山庄。"

这声音竟然还挺好听的。魏枝萝没脸没皮想着，抬眼望去——一瞬间，她以为自己看到了《碧桃传》中的谢桥本人。

长眉入鬓，眼若桃花，黑发只松散地绾着，却自带贵气。

魏枝萝看傻了，呆呆地盯着他的脸。谁料看着看着，这位公子却忽然笑了，那一刻宛如千树桃花开，魏枝萝呆得更厉害了。

“魏枝萝？丫头长这么大了。”

他笑着，一个指头弹上脑门，硬生生把魏枝萝弹醒了。

“顾归鸿？”魏枝萝被这个熟悉的弹脑门唤醒记忆，一时惊得瞠目结舌。

“是我。”白衣公子微微颔首。

当年那个整天陪她一起插科打诨的顾归鸿是怎么长成这样子的？她回西南的三年里到底发生了什么？

【二】

七年前的夏夜，魏枝萝牵着魏山萦的衣角第一次来到扬州试剑山庄。这是她第一次来江南，一切都很新鲜，但因为年龄小，显得有些怯生生的。

魏山萦二人到时恰是掌灯时分，山庄上下开始用饭，陆庄主便盛情邀请她们入宴。

名门正派需有名门风范，试剑山庄规矩比回春司严得多，魏枝萝是不能与长辈共坐一桌的，于是她便被安排去了侧厅吃饭。

那一桌坐的全是陆庄主的亲传弟子，其中最年长的就是陆庄主的独女陆飞云，也是众人的大师姐。

魏枝萝刚进门，一位少年便姗姗来迟地冲了进来，带着满身热气和刚沐浴完的皂角香。他头发高高束起，发尾微湿，眉目间还稍显稚气，但是脸庞轮廓已经开始慢慢明晰了。

他看到席间突然多了一个小姑娘，愣了一下，便走上前，装模作样地问道："敢问姑娘是？"

"我叫魏枝萝，是蜀中回春司弟子。跟随师父来此为陆庄主诊病。"八岁的魏枝萝人生地不熟，眨巴眨巴大眼睛，有什么答什么。

"蜀中啊，那你这发饰是那边的流行吗？"

"我不知道啊，这是我师姐送我的。"

"那衣裳呢？"

"长老给我做的呀。"

"她们怎么待你这么好？"

"因为我是门派里最小的？"小枝萝歪了歪头。

此话一出，激起千层浪。少年突然就发脾气了，扭头向座上诸位师兄师姐道："同样都是门派里最小的，凭什么我就猫嫌狗不理，你们都向人家师兄师姐学学啊！"

"你怎么不看看人家长得多乖，哪像你这么皮。"一位师兄一语扎心。显然这位师兄还不知道，表面看着乖的其实更皮。

陆飞云师姐也笑道："更何况你已经不算门派里最小的了，这不来了个小师妹吗？"

"你多大？"少年转头问魏枝萝。

"我八岁了。"

“我十三。”少年昂起头对她说，“那你就坐我旁边吃饭吧。”

“对了，我叫顾归鸿。‘昔为万里别，归送北征鸿’的归鸿。”

因为陆庄主的毒积郁已深，调养起来很费时日，魏山萦说“短则八九月，长则四五年”，但魏枝萝又正是打基础的年纪，不好这样长时间废了修行，便当了试剑山庄的记名弟子，课却是与顾归鸿他们这些亲传弟子一块上。

试剑山庄的课业和回春司很不一样，回春司医毒之术仰仗自然万物，所以修炼时间四季皆有不同。而试剑山庄以外家功夫为主，规律严谨，卯时一到便要起床，扎马步跑操，用过早饭后去学堂听先生讲课。下午则是练功夫，拳剑骑射样样都要学。

这可苦了魏枝萝。

“君子有诸己而后求诸人，无诸己而后非诸人。后一句是什么？魏枝萝，你来答。”先生捏着胡子问道。

“嗯……所藏什么不恕，喻人嗯……未之有也！”

“什么乱七八糟的！一派胡言！将此篇抄上二十遍明日检查！”先生气得胡子都翘起来了，含怒下课。

下午在校场上练功，还没过一个时辰魏枝萝就开始吱哇乱叫：“我不行了，我真的打不动了，你想怎么打随你便吧。”说完便怀抱木剑往地上一躺。

与她对练的顾归鸿：“……”

吃过晚饭后，魏枝萝又拖着顾归鸿去学堂里。

“先生罚你抄写你把我拉过去干吗？”

“万一我抄错了呢。反正你也没事了，过来陪我嘛。”魏枝萝才入试剑山庄不过三月就已经兜不住她撒娇耍泼的真性子了。

结果坐在学堂里点了灯写了才两个字就把笔放下，她哭丧着脸说：“下午练功伤了手腕，捏不住笔了。”

“不如你帮我抄吧？”魏枝萝闪着希冀目光的大眼睛看向顾归鸿。

顾归鸿：“……”

“师兄，求求你啦！”魏枝萝双手合十乞求道。

“你怕是早就打着这个算盘吧。”顾归鸿瞥了她一眼。

魏枝萝讪笑两声，顾归鸿手一抬就赏了她脑门上一个弹指，吩咐道：“行，我帮你抄。那你去把我刚洗的练功服晾起来吧。”

“嘿嘿，好。”

一个时辰过后，顾归鸿抄好了，前去院子里找魏枝萝，才发现她已经溜回房内睡着了。而答应得好好的晾衣服也晾得像两团梅干菜。

顾归鸿叹口气，只得重新将衣服取下来抻平整再晾一遍。他追忆起自己作为小师弟的美好岁月，徒留伤感：“天道好轮回啊。”

时光飞逝，一转眼，魏枝萝就在试剑山庄待了四年。顾归鸿此时已经十七，照例是可以自由出入山庄的年纪，但每出去一回在街上溜达个把时辰也只够满足魏枝萝这个小祖宗的。

要西街杏花楼的绿豆莲蓉酥，东市如梦阁的束发绳，尾巷王婆婆家的牛乳糖……

这天，顾归鸿又带着鼓鼓囊囊一口袋回来了，魏枝萝正在后山池子里喂鱼喂王八。

“师兄你回来啦！我要的东西都买到了吗？”魏枝萝远远地听见脚步声就知道是顾归鸿来了，喜出望外道。

“有事叫师兄，无事顾归鸿。”顾归鸿提着袋子走了过去，在她脑门上赏一弹指，“放开你手里那只乌龟，它要被你晃死了。”

结果当日晚饭，试剑山庄就传来一个好消息。庄主陆荣翁的毒终于得回春司司主相助给解了，山庄上下都对回春司感激不已，望魏山萦能多留几日，试剑山庄必当好好招待以表谢意。但魏山萦却说此来扬州时日已久，担心司内情形，还是准备早日回去，日后江湖有缘再见。

第二天，魏枝萝便随魏山萦匆匆离去了，连告别也没好好道过。这一回去，就是三年。

【三】

男子二十弱冠，则身量已成。从少年意气到有匪君子也不过瞬息之间。

而同样长了三年，尚已及笄的魏枝萝除了脸没小时候那么肉了之外，无他变化。

本来故人重逢最是激动，但是两人都长大了，已经不能像青梅竹马的时候那样无法无天、胡作非为，相认过后反而略显尴尬起来。

今时不同往日，儿时与魏枝萝一起的师兄师姐都大了，有回到自己家乡成立分支别派的，也有在山庄内成家了的。如今论辈分已经可以和陆庄主众长老同桌，只是人也再凑不齐了。

这回飞云师姐特意叫魏枝萝随山萦司主一同来扬州也是因为她快要成亲了，婚期就定在乞巧节那日。

吃饭的时候，魏枝萝还是像以前一样坐在顾归鸿身侧，但是他不会像以前一样给魏枝萝夹菜，魏枝萝也不敢跟从前似的在他碗里抢吃的了。

这次前来试剑山庄魏枝萝只是纯粹的客人，没有再住在当年的弟子内院，而住在专门待客的厢房里。她也不知道顾归鸿是不是还是整日里都在练功，只是现在住得远，十天半个月也不得见面几次。

六月初七一过，就是大暑，离陆飞云的婚期恰好一月，试剑山庄上下都开始张罗起来，每个人都开始为试剑山庄大小姐的成亲劳心劳力。

“庄内女弟子本来就少，与我亲厚的除了枝萝也没有旁人了。那我成亲那天的摆饰与妆奁就让枝萝去给我置办吧。”

陆飞云幼年丧母，陆老庄主一向是什么都依女儿的。

接着，飞云又说：“只是枝萝也许久没来扬州了，不如归鸿你带着枝萝一起吧。”

魏枝萝一惊，抬头看向陆飞云，但飞云师姐只仿佛了然什么似的，促狭地朝魏枝萝眨了眨眼。

如此这般，魏枝萝便拿着礼单和顾归鸿一起上街去了。

“先将胭脂水粉什么的备齐吧。顾归鸿，你以前都在哪儿给我买头绳来着？”

“小时候你自己指定的自己却忘了？是如梦阁，跟我来。”说罢，顾归鸿月白的衣裳一摆，面无表情地转了个弯。

魏枝萝跟在他身后嘀嘀咕咕：现在怎么这么冷漠啊，难道颜值长了脾气也跟着长？

女孩终归是女孩，一到了如梦阁这种店内总是挪不动脚。即使只挑那么两三件东西也花了一个多时辰，但顾归鸿竟然没有不耐烦，就那么一直等着。

逛了许久两人肚子都有些饿了，便随处找了个馄饨摊坐下歇息。

此时天已快黑，半数店家开始掌灯，街上人影绰绰，看得有些模糊。

正当馄饨热气缭绕端上桌的时候，一个人影忽地就从魏枝萝身旁闪过，将她刚买的东西顺走了。

那一包东西里除了些胭脂水粉还有一些精巧的首饰，虽然不算特别贵重，但对于普通人家来说也值数个月的口粮了，想必这小贼从在店里起就盯上了他们。

魏枝萝反应也算迅速，在那一瞬间就伸手去抓那小贼，但是碍着那碗滚烫的馄饨，失了手，还被刮伤了。

只是那小贼如何逃得过顾归鸿，他一手揽住了站立不稳的魏枝萝，另一手从筷筒里抽了一支筷子朝那小贼掷去。不知点中哪个穴位，那小贼立马栽了一跤，偷来的东西也滚了一地。

料理完这贼之后，顾归鸿才回头来看魏枝萝，发现她不仅没捉住贼，自己的手还受伤了。

“脚步虚浮，发力慢怠，你的功夫怎么退化至此？”顾归鸿皱着眉把她数落了一通。

经年未见本该喜相逢，结果自见面起顾归鸿就一直是这样不冷不热的态度，今日上街也是一言不发，好不容易主动说个话还都是责备之言。

魏枝萝的委屈涌了上来，一张嘴就化成泪珠子往下掉：“我们回春司本就不重外家功夫，你让我放个蛊试试，包那小贼天涯海角都逃不掉。这么多年不见，你也不和我叙叙旧，天天冷着张脸给谁看啊。”

顾归鸿脸色软了下来，叹口气弯着腰用手擦了擦她脸上的泪：“我就是拿你没办法。”

说罢，他拿出随身携带的伤药，拉过魏枝萝的手给她轻轻上药。魏枝萝轻轻啜泣着，呆呆看着，问：“你这上药手法怎么这么熟练啊？”

“也不知是谁小时候老挨先生戒尺然后让我给擦药的。”说罢又是一个熟悉的弹脑门。

魏枝萝破涕为笑。

自此后，魏枝萝就开始日复一日地去内院骚扰顾归鸿了。今日送盅绿豆汤，明日亲手做个药膳，读了风月诗词要和他月下相见，多戴了个头饰也要特意过来溜达溜达。

顾归鸿若是拒绝了，魏枝萝就要说：“那可不行，我得多陪陪师兄，来谢谢师兄对我儿时不离不弃的照拂之情啊。”

到底是谁陪着谁啊……

很快就到了七月初七，陆飞云身着大红嫁衣端坐在房内，喜婆给她打点好一切之后就出去了。

陆飞云把魏枝萝留在了身边。

“好看吗？”陆飞云问。

“当然好看。”魏枝萝痴痴地看向陆飞云，青丝绾成髻，精心修饰过的脸庞在珠帘底下影影绰绰，沁出娇美的红晕。

“你加把劲也能穿上。”

“啊？”魏枝萝有点反应不过来。

“你不是在追顾归鸿吗？”你师姐还是你师姐，不愧是武林第一门派家的大小姐，即使要成亲了也从不娇柔婉转。

陆飞云问得太直接了，一时魏枝萝手足无措，话没说出半句反倒先红了脸。

“这种事，往往旁观者清，当局者迷。可据我推测，他应该也是喜欢你的。你还记得你来试剑山庄的第一年吗，那年冬天的课业学年考察，你刚来跟不上进度，被先生重罚，倒在了雪地里。后来我们帮你向先生告了一段时间的假让你休息，我还给你留了一张字条，说我的书房地板下面有个空箱，让你可以经常去淘淘好东西。”

“当然记得啊，那可真是百宝箱，里面的大部分东西都是我很喜欢的，师姐你真的太懂我了！”

“其实那是顾归鸿的主意。”

魏枝萝直接愣住了。

陆飞云接着说：“他害怕你受了委屈要提前回西南，不想让你走才想了这么个办法讨你开心。所以除了字条是他央求我写的之外，百宝箱是他做的，里面的东西也是他放的，连假也是他帮你向先生讨来的。

“只是自从你回西南之后的第二年，父亲身体好转，便开始带他单独练功。时间一久，他也渐渐和我们这些师兄师姐生疏起来，到后来直接连性格也变了，总是冷冷淡淡的模样。”

魏枝萝听了这么多心乱如麻，陆飞云伸手像小时候那样拍了拍她的头，说：“你要是真的喜欢他就大胆去追吧。听魏司主说父亲的身体恢复得很好，我今日成亲之后你们也就该回去了。西南至扬州山高水远，不知下回再见就是多少年后了。”

七月初七，试剑山庄大喜，万里红妆，礼箱如山，魏枝萝却恍惚了一整日。

入夜后宾客散尽，杯盘狼藉。陆老庄主感慨万千早已醉得不省人事，留了几个得力的亲信弟子收拾山庄。这其中就有顾归鸿，魏枝萝也主动留下来帮忙。

一切都安排妥当之后夜已深了，山庄到处黑漆漆的，顾归鸿送魏枝萝回厢房。

“希望师姐能一辈子都过得开心。”魏枝萝道。

“嗯。”

她今夜喝得醉醺醺的，走路也有些摇摇晃晃，顾归鸿时不时地就拉她一把怕她摔跤。

“顾归鸿，你看今天的月亮真好看。”

“嗯。”

“倒是让我想起一句诗‘花有清香月有阴’。”魏枝萝抬头看向他，面上强装淡定地问，“前一句是什么来着？”

“……春宵一刻值千金。”

魏枝萝腿一软差点倒下去，这前一句诗到底是什么两人心里又怎么可能不知道。只是她没想到，顾归鸿竟然真的回答她了！

酒壮㞞人胆，眼见厢房就快到了，魏枝萝眼一闭，那些话本子里学来的不三不四的话脱口而出：“顾归鸿，我喜欢你！你愿不愿同我在一起？你若是舍不得扬州我就陪你留在此处，你若是想去西南我们回春司里也是热热闹闹的，你若是想四海为家我们就仗剑走天涯，你锄强扶弱我救死扶伤，岂不天作之合？”

夜来风拂叶，一时之间除此之外再没有别的声音传来。半晌过后，魏枝萝终于慢慢睁开了眼睛，逆着月光，顾归鸿的脸上却好像蒙了一层雾一样，怎样也看不清。只有他的声音伴着花叶摩挲的声音传来，那么好听，像月光下一壶清淡的美酒，寂静但却无悲无喜——

“魏枝萝，庄主已经传授我封心决了，你还是，陪魏司主一起回西南吧。”

九月重阳佳节，天朗气清，正适合登高望远。回春司众人都遵循旧例去山上插茱萸，往年要属魏枝萝这丫头最积极，可她今年却兴致缺缺，没有参加。

师姐们只以为她是舟车劳顿地刚回西南，累着了，便也没强求她。

魏枝萝窝在自己的房里，提笔写了封信让信鸽送去了西南知府的三小姐淼淼手里。在扬州发生的这些事她甚至都不敢细细回忆，语句颠三倒四，还望淼淼可以读懂。

只是没想到，这封回信却等了足足半月才收到。

枝萝，展信安。

我早已收到信，只是家中近来多事，一时也不知道怎么回你。你们二人本是青梅竹马互生情愫，但你说他所习功法需绝情绝欲，所以他最终还是选择了自身的前途。我不能说这是对是错。

我从前只以为权贵门第才身不由己，原来江湖之大，何处皆如此。

这大概是我与你能通的最后一封信了，家中已把我许配给当朝皇帝的第七子，再过三日就要启程入京。说到底我喜欢温若扬不过是喜欢那种恣意放纵的生活罢了。

北斗酌美酒，劝龙各一觞。富贵非所愿，与人驻颜光。

望君珍重。

淼淼

后来回春司的所有师姐回忆起那个秋天时都说，我们家枝萝长大了。

魏枝萝再也不赖床，不吃冰糖葫芦臭豆腐，也不再偷溜出去听说书了。她开始勤勤恳恳地钻研药理，修习功法。本就是司主收的亲传弟子，天资如何会差，春去秋来不过两年，魏枝萝便成了回春司默认的下一任继任司主。

与此同时，江南的试剑山庄有消息传来，说是陆庄主最得意的弟子顾归鸿功法修习不当，被师门散尽修为赶出，不知所终。

【四】

魏枝萝二十岁这年，十年一次的武林大会再度开启，她作为回春司的新秀代表出战，一路过关斩将，做了二十场连胜的小擂主。

“第二十一场，回春司魏枝萝对游侠昔别——”

这也是位武林新秀，招式虽师出无门，但底子极好，像是曾系统训练过的正道中人。他的名字自这届武林大会才起，众人都说他这是想当盟主的意思。可奇怪的是，他却忽然放弃自己连胜三十场的擂台去挑战一个回春司的小姑娘去了。

因此这场比试可谓是十分吊人胃口了。

魏枝萝自己也很奇怪，尤其是看到这位所谓的游侠昔别竟还戴着面具上台，不以真面目示人。

“为何上台比试还戴着面具？”魏枝萝昂声问道。

“在下面貌丑陋，怕吓着姑娘。”他的声音也像是特意压着从喉咙里传出的一样。

整个人都像个谜。

但台下早已万众翘首，他们可不管什么奇不奇怪，他们只想看比试。

武林大会不得使蛊毒之术，因此魏枝萝还是以长剑为武，那游侠昔别使的也是一柄长剑。武器中以长剑最为潇洒，剑花闪烁，身形若蛟龙般赏心悦目。

可魏枝萝打得很气愤，她明显感觉到这人的武功远在自己之上，可又偏不赢了去，反而像猫逗老鼠般逗着她。

两人就这么你一招我一式地打来打去，打得底下的观众都散了大半，没劲透了。最后，魏枝萝终于将耐心耗尽，牙关一咬，再也不点到为止，招招致命，长剑似毒蛇一般向他绕去。

但当她的杀招向他使来的时候那人却分毫不躲，反而像算准了她的招式似的将胸口迎了上去。

薄薄的剑身闪着寒光自上往下斜斜挑去，先是割断了那人的面具，接着就有温热的血珠溅在了魏枝萝的手上。

那人胸口插着魏枝萝的剑倒在她怀里，唇擦过她的脸颊还咬了一下她的耳朵，笑着说：“欠你的我终于还清了。”

魏枝萝抱着他跌坐在台上，整个人都愣住了，手脚冰凉。她怀里的那个人，长眉入鬓，眼若桃花。

昔为万里别，归送北征鸿。昔别，归鸿。

阳春三月，被迫请出关的司主魏山萦不悦地挑着眉提着医箱前往回春司的待客院子。

“你们试剑山庄真是没一个让人省心的啊，治完老的治小的。本司主统共这么点清修时光都贡献给你们了。”

司主一出手可谓是万物回春。

魏枝萝天人交战了快一天，终于鼓起勇气在太阳快下山的时候去看望顾归鸿。

“怎么空手就来了，也不给师兄带个药膳什么的。”顾归鸿举起手弹脑门的动作倒是丝毫不受受伤的虚弱影响。

“顾归鸿，为什么？”

“什么为什么？”

“所有的一切，为什么？”魏枝萝紧紧盯着他问道。

对视良久后，顾归鸿叹了口气，道：“我从来都是喜欢你的，只可惜明白这点的时候我已经修习了封心决。若要在一起你就要习焚心决，受焚心之苦。你这丫头，从小怕疼怕苦又怕累，修习焚心决有多苦，你愿意我也不舍得，所以我只能把你先哄回去再说。”

“那你的功法？”

“你走后一年我对庄主说不想继续修习封心决了，庄主对我大为失望，最后我只好自废修为离开师门。接着我独自一人在外修养了好几年，摸索出一套自己的剑法，才成了如今模样。”

说到此处，魏枝萝已经开始泪眼汪汪。她看着顾归鸿苍白的面色心疼不已，继续追问道：“那你为何非逼我在武林大会上刺你一剑？”

顾归鸿像当年一样，眼角眉梢柔和下来，全是无奈宠溺之情，伸出手擦了擦她脸上的泪痕，道：“当年我那样伤了你的心，不知道你还会不会接受我，如果让你伤我的心一次能换回你，那也值了。”

魏枝萝简直被他气笑，一拳捶上他肩头，却被他半途截和，用手掌包住了她的拳头，说：“疼。”

魏枝萝涨红了脸：“无耻！”

顾归鸿却转移话题，抓着她的手也没放开：“你看，月亮已经升上来了，让我想起一句诗。”

“什么？”

“花有清香月有阴。”

春宵一刻值千金，花有清香月有阴。

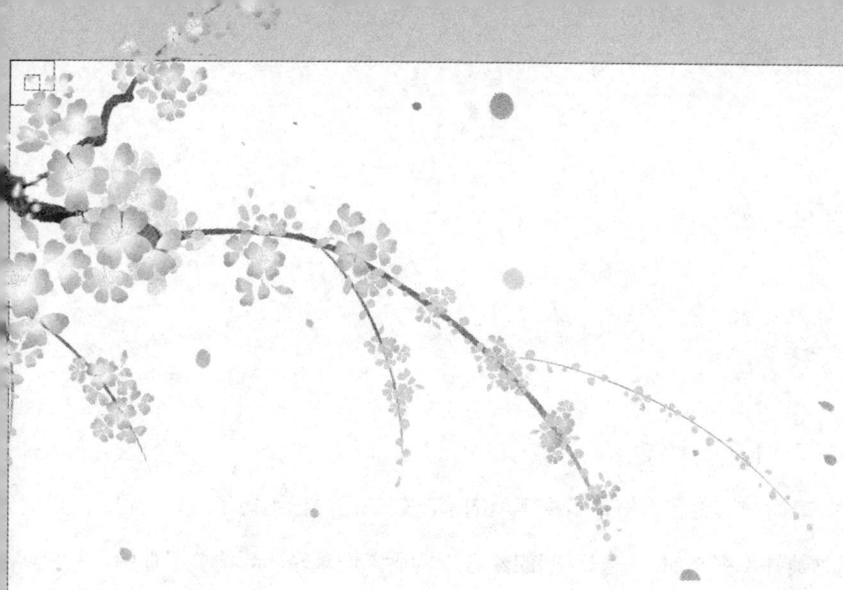

朝歌

文 / 晚乔

她想，这一切的一切，果真是一个巨大的轮回。

做错了事，伤害了谁，总有一天，老天要与你讨回来，连本带利。

【一】

最后一次见到乔楠是多少年前的事，朝歌已经记不得了，只记得那时她并不喜欢他，一段时间的刻意接近后，她轻轻巧巧便要了他的性命。

可现今每每夜深，她的脑海里却总浮现一双含笑的眼，那双眼眸如星，旁的却模糊不清。

说来，其实现在的朝歌与从前没有什么不同，只除了一点——如今在看到山中楠树的时候，她会偶尔失神。

今夜山中幽寒，雨落得很大，一颗一颗砸在地上，不一会儿便聚起一个个小水洼。在朝歌冗长的记忆中，从未见过这样大、这样冷的一场雨。

她的手指微颤，抚上树干，声音极轻极缓："你知道吗？活了这么久，只有一个人那样真心地爱我待我，而我害死了他。"

暴雨如瀑，无人回应，朝歌在树下淋了一宿。

第二日一早，她下山离去，再未回来。

【二】

朝歌是一只魑魅，山里灵气孕育出来的精怪，曾被一道士收入法器，捉走离山。凡世一遭，匆匆而逝，时过境迁。

当朝歌寻到许归，那时，对方抖着腿，模样闲散，看上去很不靠谱。朝歌皱眉，却不承想那女子竟随意地唤着自己的名字，然后问出句话——

“能找到这个地方的人皆是因为心底放不下的执念，但每个人所求的却都不一样。”斜倚高坐，许归微微勾唇，“朝歌，这是你第五次来寻我了，你知道吗？”

“第五次？”

许归一顿：“啊，是了，每次他一死，阿楚便会消失，任何记忆都留不下。偏只尘埃落定之后，你才晓得后悔。”说着，许归轻叹，似是遗憾，“那么，我便让你看看前事，如何？”

话音刚刚落下，巨大的能量场便在小小水榭中聚集，朝歌还没来得及反应，便看见眼前无数的画面争着涌来——过往种种如车水马龙在眼前渐渐浮现，流年似锦，他们却无数次擦肩而过，生离死别。

朝歌眼帘轻颤，就此陷入一场醒不来的梦魇，却不防一个声音飘至耳畔，将她从梦魇中拉了出来。

许归抬眼：“你要穿梭时空回到过去，这是逆天的事情，而想要改变历史则更是逆天。”说罢一顿，“许是这样，你回到过去数次，可每一次的结果都不尽如人意。”

世上有大能，可逆天改命。寻常来说这样的大能都很低调，许归却不，她凭自身能力与人交易，只要那人肯付出代价。

“我同你做生意的次数最多，但要说代价，你却是再付不起了。魑魅生有五魄，前边，你已经给了我四魄，若再交易，恐怕撑不到结束，你就消失了。”

闻言，朝歌惨白着一张脸，眼神却坚定。

“我来就是与你做交易的。我同你换，不论结果如何。”

她定了定：“不论有无结果。”

许归摇头：“你果然这样选。罢了，这一次，我不收你精魄，你便拿出百年阳寿，让我和天命司做个交代吧。”停了停，她眨眨眼，“就算是买四送一了。”

【三】

长街之上，女子呆愣在那儿，看着有些迷茫。

青萝长衫，素色面纱，这个女子便是朝歌，再次回到二十年前的朝歌。又或者，现在该叫她阿楚。其实“阿楚”这个名字远比“朝歌”有意义，它陪了她走过四次新的人生。

阿楚低眉，扶了扶面纱，慢慢往前走去。她并不想戴这种东西，但若不戴，惹来的便不只是奇怪，而该是嫌弃。毕竟在初初见到这副皮囊的时候，连她自己都觉得难看。

她想改变过去，许归便带她回到这里，但每个世界总有自己不容打破的规则，而这里已有一个朝歌了。

失了容貌，失了声音，付出这样的代价，她终于换来一个存在。

这时，一个推着柴火车的汉子往前撞来，阿楚一时反应不及，整个人就这么顿在原地。汉子原是不经心，却在抬头擦汗的时候忽然看见她，惊愣之下急急转开，不防间脚底一个打滑便往旁边侧去，失了支撑，柴火车就这么跟着往边上一倒！

顺着柴火车倒下的方向，阿楚看见一个熟悉的身影，惊慌之下行动先于反应一步，直直便冲过去——

虽非凡人，但如今的她早失去了魑魅的灵力，柴火车不轻，为他挡了这一下，她也不禁倒吸口气。

可便是吃痛，阿楚的第一反应却还是转身看那人的情况。男子眼角泛红，身上带着淡淡的酒味，因那一推，他顺势就倒在一旁昏了过去，像是喝醉了。

仿佛周围的喧嚣与汉子的叫骂在这一刻都归于静谧，阿楚伸手轻抚男子侧脸，开口，却只发出一个沙哑的单音。

即使不能相认，即使没了容颜和声音……

阿楚笑了笑，在心底叹了声真好。

乔楠，我终于又见到你了。

在成为阿楚之前，朝歌并不在意皮相。魑魅生命冗长，看过太多的红颜枯骨。只是，在安置好乔楠后，她站在榻前顿了很久，却终于在他眼帘轻颤将要睁开的那刻跑出去。

她不在意皮相，却害怕他在意。

仓促间，她没有注意到门口那个熟悉的影子，只在跑出门的时候隐约看见门口有个女子，轻纱衣裙，身姿窈窕。

游魂般晃荡在街上，她想起曾经的事情。

那是二十年前。彼时，被道士捉走的朝歌因缘巧合被人救下，那人名唤乔梓，在救下她之后，乔梓夺了道士法器，以此要挟她报恩。

所谓报恩，一是帮他争夺家产，一是毁了从小压制他的大哥。而那个事事胜他的大哥，自然是乔府顺位的继承人，也被誉为当代不世出的英才，乔楠。

"乔楠……"

阿楚忽然顿住了脚步，抬眼远眺，天空阴沉沉的，乌云压得极低。

从前的朝歌从未见过乔楠醉酒的一面，在她的记忆里，那个男子永远都是处变不惊的模样，今时回来，倒是有了新的认识。

对于喜欢的人，总想多多了解，而今她又多看到了他的一面，真好。

阿楚想笑，却在勾起嘴角的那一刻微抬了手，轻颤着捂住脸……

然后，有几滴晶莹溜出了指缝，最后滴落在地上，碎了。

她压抑了喉头哽咽，嘴唇无声地张张合合，可因被面纱掩着，谁也不知道她想说些什么。

【四】

墙旧了，岁月在剥它。

将目光从墙上移开，阿楚站在石桥旁的酒家门外避雨。

外边雨雾蒙蒙，她没有伞，冷得厉害，正哆嗦着，就看见眼前出现了那个熟悉的人。阿楚的身体比意识反应得更快，在看见乔楠的那一刻，她便跑了过去。

她知道，接下来要发生的，是她再熟悉不过的事情。

石桥上的女子一身轻纱衣裙，容貌生得极好，她撑一把竹骨梅花面伞往这边走来，面上含笑，一双眼却微凉。那是当年的朝歌。

“公子衣衫尽湿，可要来伞下避避？”

想了想，乔楠摆摆手，开口想说些推拒的话，女子却眉眼弯弯，笑着截住他：“公子今日倒是清醒得很，不似前些时候醉倒在街上，那时将公子收拾妥帖，真是费了我好大的力气。”

乔楠愣了一愣：“那日是你？”

女子笑笑不语，只是伸手将伞移过去了些。待她再次抬眸，不远处的阿楚清楚看到她眼里闪现出一瞬的暗光。

乔楠似无所觉，却在接触到她目光的时候顿了一顿，再然后，他的反应已是大不相同。他接过伞柄，笑意温润："谢姑娘借伞，举着手累，这伞便由我来撑吧。"

接下来的故事朝歌都是知道的，自与她相遇，三个月之内，乔楠便会死去。

她对感情后知后觉，但总算懂了，既是懂了，便不想再后悔第二次。这一刻的阿楚近乎癫狂，她不顾一切冲上去抓住乔楠的手腕。

可眼前女子忽然望她一眼，眸色深深，不过顷刻而已，阿楚便失了言语顿在原地。阿楚眼神空洞，面色木然，心里却清明。

眼前的这个朝歌和她不同，她有着魑魅的灵力，而这些灵力不止能蛊惑人心。

接着，阿楚听到了朝歌的声音："婢子无礼，许是担心我，若是惊扰了公子，还请莫怪。"

【五】

屋外风雨飘摇，屋子里倒是静得很。

这儿昏暗，唯有一点烛光随风跳动，诡异而阴森。

"你是谁？"

在朝歌开口之后，阿楚终于能够动弹，却仍不能言语，手指轻颤着摘下面纱，她比出一个唇形，说的是“阿楚”。

“阿楚。”朝歌皱眉，不久又轻笑，“我看你亲切熟悉，不像什么坏人，可你今日为何扰我？”

桌案上凭空出现一副纸笔，烛光下，阿楚眸色深深，下笔有力：“我知道你要做什么，若你真这样做，你会后悔。”

“看样子，你知道一些事情。”

朝歌拿起那张纸，放在烛火上点燃了。

“后悔，这是威胁还是警告？”她勾唇，“你大抵不了解我，不论是哪个，我都不在乎。”

未知的事情都算天机，一旦泄露，可能会让故事原本的走向发生改变，到时候谁也不知道事情会变成什么样子——许归在说这句话的时候敛了笑意，一派严肃，让她想忘也忘不掉。

阿楚抿紧了唇，她不是不愿说，可这是最后的机会，容不得半点意外。

“你回去吧，不要再出现了。”

朝歌挥手，带起火光和纸灰在阿楚眼前一晃。

阿楚的眼睛被迷了一下，再睁开，眼前便没了人。

回到酒家门外，她蜷在棚下，微微低了眼睛。

从前，朝歌从来听不进谁说话，可她也不是毫无胜算。毕竟，这个世上，没有谁会比阿楚更了解朝歌。

春末夏初，这样温暖舒适的天气适宜任何东西生长，不论是花草树木，还是心底情思。

芳草漫漫，女子在前边跑跳着，笑意明媚，她的身后跟着一个男子，一路之上，男子虽偶有抱怨，却也是眉眼弯弯，由此便可知他并不是真的不耐烦。

不知过了多久，遇着一丛明花娇艳，她终于在这里停了下来。

“不跑了？”乔楠望着女子微笑。

“这花开得这么好，跑过了多可惜。”说着，朝歌侧头眉弯。

这是曾经的朝歌第一次对他下药，药粉是乔梓给的，说是能让人上瘾，接而失去生命。

因是初次，朝歌并不熟练，只在他为她摘花的时候仓促在糕点上不均地抹上粉末。他将那一簇花整理好，抬眼便看到她递来的糕点。

躲在一丛矮树后边的阿楚见状，眉头紧蹙，将唇咬得死紧，在看到乔楠接过从前的自己递给他的糕点时，心都要跳出来。

“给我的？”乔楠的声音带了笑意，将糕点捧在手里，惊喜似的，“特意为我准备的？”

朝歌轻一颔首，看着有些娇羞。乔楠见状，爱怜般伸手为她抚去鬓间落花，但很快便移了视线，惊讶似的望向她的身后：“怎么会有这样颜色的花！”

阿楚没有回头，那不是什么花，不过是他看错的一只停在叶尖的紫蓝花蝶。

可朝歌却转身去看，阿楚心底一紧，就是现在——

她从树后蹿出，趁着二人没有反应过来的时候，迅速扑上去将乔楠手中的糕点打落。

因为动作迅速无法收回，阿楚直直撞向乔楠，而乔楠似是反应不及，下意识便将一头撞来的人拥住……

伏在乔楠怀里，阿楚的心跳得很快。

比起紧张，更多的是惊讶。

不是因为乔楠接住了他，而是在蹿出的那一刻，她看见，眼前男子趁女子回头的时候，动作迅速地掰掉了抹上粉末的那一半糕点扔远。

若是没有记错，那时的后来，当自己转过头来，乔楠已经将另一半糕点塞进了嘴巴，说话都含糊。

阿楚不知道乔楠为什么那样做，也没有办法问他。

就在一瞬之间，她被朝歌以灵力制住。

无法控制自己的行为是一件很难受的事情，尤其因为意识清醒，更像是魂魄受了囚禁。

“以为人类胆怯，没想到，你却有这般勇气，敢和我对着干。”待乔楠离开之后，朝歌忽然开口。

而阿楚望了一眼曾经的自己，苦笑。

“你刚刚为什么扑过去打掉那些糕点？”朝歌环臂，想了想，“你好像知道很多事情。”

说完之后，朝歌想起她说不了话，手上一挥，眼前便又现了纸笔。

“我不止知道很多事，甚至也知道很多你不知道的事。”阿楚眸色认真，字迹坚定，“再继续下去，你一定会后悔。”

可朝歌却不当一回事：“又是这句，我都听腻了……再说了，小哑巴，你也不是我，怎知我一定会后悔？”

闻言，阿楚一愣，不再言语。

我怎么会知道？我并不想知道的。

我更不想，这次的你如我一样知道。

【六】

案前的乔楠执笔平宣，曾经的朝歌除了任务和刻意亲近，并不爱多陪他。可现在，阿楚费尽力气潜进乔府，却只安安静静藏在窗外看他。

记忆中的乔楠不喜欢与人接触，不喜欢人多的地方，每每有生人触碰到他，总会状似无意拍拍衣服，却会因为她的一句话陪她去了花灯会，在台阶下一把接住不小心跌落的她。

烛光下边，阿楚看他待得墨干便拿开镇纸将纸摊起，听他读着纸上字句：“不知魂已断，空有梦相随。除却天边月，没人知。”

稍慢他一拍，阿楚随他念出那句话，她虽开口无声，但和着他一起，莫名像是情人间的低语，让人觉得温暖。

这时候亲随进来，呈上一份密报立刻躬身离开，阿楚不知那上面写的是什么，只看见乔楠的眉头忽皱起来。

看完之后，乔楠刚想将密报凑近烛台，却是这时，一顿，眸光凌厉向窗外望去：“是谁？”

阿楚一滞，站直了身子，或许因为半蹲太久，双腿有些发麻，于是不防脚步一斜便磕在窗沿边上，额角顷刻流出血来。

乔楠闻声快步过来，微顿，隔着一个窗子问她：“你是朝歌身边的那个丫头？”

阿楚不语，只呆呆望着眼前男子，额角的血就这么顺着面颊流下，很快濡湿了素色面纱。

乔楠看着，不禁皱眉：“你受伤了。”

这是回到现在以后，乔楠第一次这么看她。室内静谧，只有他们两个，而他的眼里只有她一个人。阿楚贪恋这样的感觉，却在乔楠伸手欲摘取她面纱的时候忽然回神。

事实上，在为她上好药包好伤口之后，乔楠便一直在唤她，只是她一个劲看着他发呆，怎么也不理他。

不论是谁，被这么认真的眼神一直看着总是很尴尬的。乔楠轻咳一声，忽然觉得那块被血染红的面纱很是碍眼，于是便想为她取下：“在下并无其他意思，只是姑娘这面纱……”

阿楚飞快地摆手示意自己没事，但乔楠却只是满面疑惑地望着她。

稍稍冷静下来，阿楚四望了一下，在桌案上看到纸笔，于是快步走去，像是想对他说些什么。只是，乔楠见她走向，余光瞟到桌上密报，忽然一把扯住她的手。

他扯得突然，力气很大，将她拽得生疼，眼泪都要流出来。

阿楚愣了愣，乔楠却只顾着快步走向桌边，随即动作迅速拿起密报凑近火烛，任火舌寸寸舔舐上来，火光映在他的眸里，莫名失了温度……

因离得极紧，顺着他的动作望向那张纸，阿楚隐约看见火光里残缺破碎的文字……若是没有猜错，上面写着的该是乔梓同朝歌定下的计谋。

待得信纸成灰，乔楠回身，正正对上阿楚一双因惊讶而睁大的眼睛。

“不要告诉别人，尤其是朝歌，否则我定不饶你。”乔楠的声音冷硬，“记住了？”

比起“记住了”，阿楚更惊讶的是他知道。

他知道。

可如果乔楠真的从一开始就知道这是桩计，为什么还会因她而死？

这中间到底是怎么回事？

【七】

那个问题，乔楠最终也没有回答她，只是唤来暗卫将她拖离出去。

而之后阿楚再想混进来，却是很难了。

庭院深深，云波泛冷。

轻轻为身侧的朝歌披上外衣，乔楠的笑意依旧温柔，神态却疲惫："近日天凉，你不必日日过来，我这小院背阳阴冷，怕你受不住。"

朝歌闻言笑了笑，说着虚伪的体己话。这时，一阵风吹过，她忽然发现在树影后面给这边打手势的乔梓，想来是找她有事商量。

见状一顿，朝歌恍若无事般拿下那件外衣披回乔楠肩上："成天在小院里边待着也不知出去走走，这样怎会不觉得冷？唔，忽然想吃巷口的桂花丸子，香香甜甜的……"

轻轻敲了她的额头，乔楠笑得无奈："知道了，还要多淋糖油对吧？"

朝歌一脸满足地点头，见状，乔楠做出一副认命的样子。

只是，他走到门口，反回来又看了朝歌一眼，见朝歌眉眼弯弯冲他摆手，这才转身离去。

而在他气息消失在附近的那一刻，朝歌面上的笑意霎时淡下。

藏匿于门外目睹这一切的阿楚即刻跟随乔楠而去。

小摊边上，念及上次乔府一事，阿楚有些犹豫，像是惹了主人烦心想去讨好却又不得要领的小宠，想靠近又不敢靠近。

半晌，紧了紧手中信封，她深深呼吸，像是努力地在给自己勇气。

随后，阿楚快步走到乔楠身前，坐在他对面的小凳上，迅速拿出一封信，信上写着的，都是她想对他说的话。那是她从前欠他的感情，也是她的心意，只要他看了就会明白。

可是，瞥了一眼那封信后，乔楠没有接。

好不容易攒出的勇气都化成了惊慌，乔楠见着女子这般模样也不动，只在她动作笨拙拆着信封，像是想把那封信摊开凑给他看的时候开口："你有话同我说？"

阿楚一顿，抬眼，飞快地点头。

"可我不想听。"乔楠道，"但若你愿意听我一句话，这位姑娘，念在你是朝歌侍女的分上，我可以不说那些不好听的，请你以后别来找我了。"

也许是察觉到了自己语气不佳，乔楠缓了缓神色："朝歌不喜欢你见我，你应当晓得。我虽不知你是什么目的，却希望你能答应，如此可好？"

如此可好？当然不好！

"乔楠，你以为自己什么都知道，可其实，你什么都不懂……"

她的指尖因用力而泛白，磨破了皮，却仍旧一笔一画在木桌上沉重地写着。

"你想要我懂什么？"

闻言，阿楚抬头，对上了双寒冰一样的眸子。

她慌乱扯住他的衣袖，却被他拂袖甩开。阿楚惊愣着想再拉他，脚上却扭伤了，与此同时，乔楠看也不看她，转身就走。

那一瞬间，她仿佛失了所有力气，缓缓放下手。而那封信拽在她手上，被捏成了一团。

巷口卖桂花丸子的小摊前边，一个奇怪的女子将脸埋在手里，肩膀微微耸动，像是伤心到了极致。

这般模样，连摊主都不忍来赶走她，即便她占了摊上一个好位置。

【八】

冰霜覆瓦片，银白满长街。

这样的季节，连太阳都是冷的。

雪积满了枝丫，树下的朝歌披了件大氅，领口围了一圈雪狸绒毛，看上去很是暖和。阿楚不记得曾经与他来过这里，细细想来，如今景况和从前已是有几处区别了。

她不知道那些改变是不是因为自己，却因这个而多了些信心。乔楠，你看，已经不一样了，这次我会救你的。

朝歌眉眼弯弯站在树下，满面欢喜地朝他挥挥手唤他过来，却不想，他刚刚过去站定，她便笑出几分狡黠，狠狠踹了那树干一脚……

霎时，树上积雪便落了他满脸满身，看上去狼狈得很。

阿楚没想别的，在她的记忆里，过去的自己对乔楠从来没有感情，也不会做出这样没有意义却亲昵调皮的动作。她担心朝歌对他不利，下意识便冲出去想要护住他，却不想他在看见她的时候，眉头一皱旋即侧身，轻轻巧巧便躲过了她。

阿楚一时躲闪不及，就这样摔在地上，虽有积雪，但地上的石头仍是磕得她生疼，可便是如此，她的第一反应还是转头看他伤着没有。

然而，他一个眼神都没往这边投。

乔楠旁若无人，眸色温柔，动作轻轻为朝歌拂去发间肩上落下的薄雪："这么贪玩，着凉了怎么办？"

闻言，朝歌似是愣了一愣，许久才怔怔抚上自己的鬓发，那是他刚刚碰过的地方。

"没什么的，不过玩个雪嘛，你怎么管得这样宽，还说教起来了……真是不解风情。"

乔楠无奈地笑了笑："是是是，我不解风情，不晓得玩雪的乐趣，只晓得在这样寒冷的天气，若能去曲阜楼喝一碗招牌的鱼汤去去寒，那真是再好不过。"

朝歌的眼睛一亮，阿楚的眸光却渐渐暗了下来，连他们的话也都再听不进去。

曲阜楼的鱼汤她是记得的，曾经的她很喜欢，那样的细腻浓香，光是想起来都让人回味。

她的体温很低，此时在雪地里趴着，却觉得原来自己也是能察觉到冷的。过了不知多久，阿楚身上的衣服都被化了的冰水濡湿，寒风一吹，又贴在了身上。

而他们已经离开了。

站起身子，阿楚冻极了一样，站在原地轻轻打战。

乔楠对朝歌很好，一直很好，所以就算对阿楚不好，她也怪他不得。

兴许轮回报复都是存在的。

只在他们还在世上，循环往复，谁欠了谁的，便总归要还。

【九】

先觉亏欠，后觉爱恋，就算有感情也只是在离开之后才发现的，而之前，朝歌只是因乔梓用法器威胁她相助才留在这里。

那时的乔楠于她而言只是一个任务，她甚至不曾真正在意他，更不必说察觉到他的隐忍。可是，现在想起来，心却揪着发疼。

“又是你？”

最近这个奇怪的女子出现在他眼前的次数越来越多，弄得他不得不加强乔府防卫，可不过安静了一段时日，今次，这个女子却又成功潜进来。

书房里，乔楠看着眼前女子，眸色越发冷厉：“你到底是谁，来这儿有什么目的？”

那一日湿了衣裳的阿楚在寒风中站了许久，身子有些受不住，今日能潜进来已是不易，本来是开心的，但见他满面冰霜，忽然又觉得自己有些可笑。

于是乔楠便看见这样一幅情景，眼前女子原本似乎想说些什么，却在听到这句话的时候顿住，她带些苦涩地写道："我前世欠你一笔债，特来偿还。"

"前世，欠债……你以为我会相信你这样的鬼话？"冷笑一声，乔楠走近几步，"我看你是对朝歌心有歹意，亏得她还将你收在身侧。"

阿楚的眼睛睁得很大。这么多天，这么多时间，这是她好不容易争取来的，她想保护他，他却在明知一切情况下仍不管不顾，不听不信。有时候，她真的想把一切说出来，全都说出来，可是……

"你为什么这么说，你明明什么都知道。"

因有轻纱覆面，他看不清她的表情，却分明看出她笔迹凌乱。可纵是下笔凌乱，她的眼神却坚定，黝黑的眸子里似乎藏了很多东西，叫人心慌。

乔楠见状，莫名烦躁。他眼神狠戾，只那一眼望去，便封住她所有想说的话。

他沉了声音："不要再来了，否则，我会将你以擅闯私宅的罪名移交官府。"

阿楚紧紧握拳，指甲都掐进肉里，她的手心渗出血来，一点点滴在地上。

也许是身子不适，也许是头脑昏沉，也许是委屈到了极点……

这一瞬间，阿楚只觉得心底有根弦绷断了，她抬头望他，突兀地笑出来。

“你讲得没错，我就是与她不和，单只看着都觉得碍眼。但我是她的亲随，想做什么都容易得很，你既然这么重视她，最好听我的，不要再……”

不要再什么呢？也许是他的眼神太过冰冷，连她的血都被冻住，阿楚写着，忽然停下，望了一眼已不再流血的手心。

她的眼神暗了暗，微愣之下，一个不防，便被他唤来的侍从架住双臂生生拖了出去。行至乔府后门，阿楚被那侍从一推便倒在地上，原本便受了伤的手心被碎石硌得更是血肉模糊。

而那个男子就这样站在她的面前，满目森冷：“找我说这些奇怪的话便算了，但朝歌不是你能动的。”

阿楚倒在地上，那一瞬间，她忽然笑着流出泪来，拳头握得死紧，却没有半点声音，黑发覆住面纱，掩住所有情绪。

她想，这一切的一切，果真是一个巨大的轮回。

做错了事，伤害了谁，总有一天，老天要与你讨回来，连本带利。

【十】

阿楚以为自己回来就能改变一切，可事实上，她什么也改变不了。

如今离他生命终结的日子只剩半月不到，而她什么也不能做。

乔楠靠在床榻上微闭双眸，近些日子，因为脑部积血压迫，眼睛已不太能见光。身侧递来一杯茶水，乔楠望向女子，虚了虚眼，模样呆愣，像是有些怔忪。

“方才见你咳了几声，应是渴了吧？”朝歌一脸明媚，“先前有些烫，现在放得温度正好，快喝了躺一躺。”

乔楠接过那杯茶水，微微睁开的眼睛像是被投入一颗小石子的湖面，泛起波澜。如今他已是药石罔医，命不久矣，那人还这般不放心，委实高估了他。

“怎么不喝？”

顿了顿，乔楠浅笑，神色温和一如既往，将茶一口饮尽：“最近精神差，容易失神，很多事情都是做着做着就发起呆来，倒是没什么别的。”

因为体力不支，近日的乔楠说话总有些断断续续，语速很慢。

朝歌接过空杯，暗暗舒了口气，随即为他理了理略微零乱的头发：“既是这样，便休息一会儿，你看起来确实有些不精神。唔，你向来浅眠，那我先出去了。”

说着，朝歌转身便欲离去，可这时候，身后却传来一个低低的声音：“假若一个人看似毫无缘由却一直死心塌地在帮助另一个人，朝歌，你说那是为什么？会不会是……”会不会是有什么重要的东西落在那里，会不会是被人威胁？

“哪有什么毫无缘由的东西……除非，是感情？”

女子回身，微微歪了头，模样十足的天真。答案却让他一愣，连后半句被她截断的话也忘记问出来。

是感情吗？他竟从没想过。但片刻又低头笑笑，顿了很久，乔楠将手覆在眼上：“感情真是很重要的东西。那……朝歌，假如，只是假如。”

他咳了两声。

“假如你有一个喜欢的人，但他一直在利用你，知道之后，你会离开吗？或者，如果你的身边还有那样一个人，他心甘情愿被你利用，你会选哪一个？”

当时的朝歌对于感情这种东西并不算了解，那话里的深意她甚至都没有听出来，于是顿了很久，始终不曾回答。

在乔楠的认知里，不回答代表的不是默认，而是那个答案不会是问问题的人所想要的：“你会选你心底那个人，是吧。”

朝歌没有听懂，模样有些迷茫：“你在说什么？”

乔楠摇摇头：“没什么，只想说我也是，不管是和什么作比较，我也会做这样的选择。”

那时的朝歌并不知道，原来乔楠一直到最后都只是照顾着自己，不提其他，竟是误会了自己。他以为自己为乔梓办事是因为喜欢，却不知是那人拿了法器威胁她。

那时候的朝歌，对她而言，生死是天大的事情，而如今的朝歌……

躲在门外角落，听着听着，阿楚的眼睛忽然有些酸涩：“乔楠，你说得没错，我会选心底那个人。若能早些认清这些感情，不论怎样，我一定会选心底那个人。”

轻轻的话语，还未出口便随风散了，传不进他的耳。

【十一】

暗夜无星，阿楚坐在榻边望着乔楠，掰开他的嘴巴，将好不容易偷到的解药给他喂下去。她不知道能不能成功，但做到这样，总归是比起以前有些进步。

望着睡着的乔楠放在被子外边冻得发红的手，阿楚动作轻轻，将手放进去，掖掖被角。

夜半，他似是梦魇，唤着她的名字。阿楚一慌，连着应了好几声，但那人听不见，最后是从一身冷汗里惊醒：“朝歌，朝歌？”

他唤了几声，阿楚能在他梦话的时候吱呀几声，却不敢在他清醒的时候予以回应。

他很讨厌她，若不是心爱之人，比起她来，恐怕他更希望的是没有人在这里。

无神的眼就这样垂下，乔楠苦笑：“还是走了啊……”

阿楚比出口型回应：“没有，我在这里。”

乔楠抚额，像是松了口气：“走了也好，走了才好。”

“总这样口是心非……我走了，你明明很难过。”

缓缓沉下身子，靠在榻边，乔楠伸手去摸边上的茶水却摸了个空——他的眼睛已经瞎了。

朝歌下的药起效果了，乔楠瞎了几天，很快便会死去。

阿楚看到杯子摆在桌上，于是起身，但不过刚刚起来，顿了顿又坐下。

没有摸到杯子，乔楠很明显地愣了一下，却终究只是淡定地收回手，拢了拢被子。

这间屋子很暗，没有灯，没人来添，虽然主人也并不需要。

“你昨日问我为什么连病也不治，却偏偏要郎中治好我的眼睛……”

黑暗中忽然响起一个低低的声音，阿楚望向他，但他却似乎忽然没了说下去的念头。

“是啊，为什么？”

明明该是两个人的对话，屋子里却只有他一个人的声音。

顿了很久，他重新开口：“我自少时习医，这副身子已经空了，治不治得好，我怎会不知道。”

说着，乔楠笑了笑，气息却一点点虚弱下去——

“可若是双目完好，我便能看见你……此时，我最想看见的是你。”

当朝歌进来的时候，阿楚正伏在乔楠的胸口，安安静静，像是睡着了。

“你看，我就说过，你是斗不过我的，他还是死了。”

阿楚睁开眼睛，眼眸极深极黑，启唇，却终究没有说出一句话。她也不知道能说些什么，不知道为什么哪怕喂了解药给乔楠吃下去，结局还是如此。

朝歌走近几步，在瞥到乔楠的时候，她慌了一下，但很快又恢复一派镇定：“你是想说，我一定会后悔吗？”

阿楚望一眼曾经的自己，她知道此时朝歌已经后悔了。

朝歌原以为自己是不在乎乔楠的，但是看到乔楠再也不能对自己笑，再也不能用关切的目光看自己，朝歌已经后悔了……只是魑魅神思松散，怕还没有意识到。

收回目光，阿楚抚上乔楠的侧脸：“乔楠，你看，我没有走，一直在这儿。”

那只手动作温柔，一下一下摩挲着男子侧脸，像是在对待一件极珍贵的宝贝。

朝歌看着，忽然就觉得很不舒服：“你在同一个死人说话？他听不见的。”

屋内昏暗，朝歌不知为何喉头一哽，顷刻落了话音。

便是那时，她突然看见阿楚的身上耀出一道极其亮眼的白光，强光中像是有磁力似的几乎是一瞬间就将她吸了过去，很快，朝歌与阿楚的身影合为一体……

良久，白光消失。

朝歌去哪里了？她们重合了？她变回来了？

阿楚还在因为这突发情况发愣，却忽然听见一阵轻咳，而这声音，似乎是来自乔楠。

阿楚伏在乔楠的胸口，突然感觉到身下微弱的起伏，她的眼睛不自觉睁大，泪水就这样一大颗一大颗地滴落下来，濡湿了他的前襟。

光影飞驰，也许这一切真的只是一个巨大的轮回。但这一次，她成功了。

【十二】

改变过去是逆天的事情，而尘世之事，最是讲究平衡。一个本该死去的人活下来，那么，另一个长存世间的人，便该替他而去，连同曾经的那个存在。

乔楠活过来了，这一次，朝歌终于在他离去之前意识到自己的心意。在看到阿楚伏在乔楠的胸口的那个画面之后，朝歌后悔害死了乔楠，愿意并期望他活下来。

若非如此，一切又将重新轮回。

可是一命换一命这种事，说到底也算不上什么救赎。

当许归想到这一点，寻到阿楚的时候，见到的就是这般情景：小小的屋子里散落着荧光点点，每一点都是她，而榻边女子的身形已经接近透明。

先前阿楚做的四次努力都没成功，是因为阿楚回到过去的时间有限，在朝歌后悔之前便因承受不住而消失。可这一次，阿楚拼尽了所有灵力和信念，终于撑到了朝歌后悔的那一刻……

此时的阿楚模样呆滞，盯着自己几乎透明的手满面愕然，直到许归告诉她如今景况。

沉默良久，阿楚的身子越发透明起来，她再次深深望一眼乔楠，带了不舍，满满的缱绻。

顿了顿，阿楚开口，声音极轻，像是害怕吵醒了谁："许归，我还没有消散完全，即是如此，便证明我还有一魄尚存。现在我同你做最后一个交易。"

许归开口，条件反射地想要拒绝，却最终只是看似轻松地微微勾唇："不是每一桩生意我都会接。不过，你且说说看。"

阿楚抚上男子的侧脸，动作温柔，眼带笑意。

乔楠，有时候我觉得这一生真是没意思，在不懂感情的时候遇见你，在深觉时失去。

可先前的时间无趣，唯独遇见你，我才觉得自己这红尘一遭没有白来。

"我要他好好活下去，如果可以，也希望他忘了我。"

不仅是阿楚，还有朝歌。

她晓得他的性子，晓得他的脾气，因为晓得，所以大概也能推算出他醒后会做出怎样的反应。但若是那样，那么她不希望他记得她。

阿楚不是一个绝情的人，只这一次，她真是说舍就舍了，动作干脆利落，什么也没留下。

【十三】

她费尽心思要救乔楠，却不知道他早已病入膏肓，是个将死之人。

是了，乔楠早被诊断时日无多。只是这个秘密被守得很好，乔府上下无人知晓。

那一日醉倒遇见阿楚，正是确诊的时候。

乔府繁盛，却最缺温暖，若是让他那些所谓家人知他不久于人世，恐怕都能笑出来。于是，在醉酒昏迷被帮助的时候，他一边迷迷糊糊地想着，自己反正要死了，这人真是多余，一边却被这突来的温暖感动到想哭。

既是知道乔梓的计划，那乔楠当然晓得，朝歌的陪伴并不是因为喜欢自己。但他想，若她真以为自己是因她死去，或许日后想来会有愧疚，那便不会忘了他。

溪头钓，涧边琴，坡上筝……虽然时间不多，但和她在一起的那些日子真的很开心，开心到让人哪怕稍稍想到，都不自觉地笑出声来。

但也不是没有例外，在所有开心的记忆里边，总是有那么一个戴着面纱的女子，以各种方式打断他们的美好。这人真是奇怪又可恶，对一个将死的人，连这些温暖都要破坏吗?

乔楠就这样走马观花地做了个梦，梦里的一切都显得真实而缥缈，他明明知道是梦，却还是心头一酸。

明明是那样难过的一个梦，可再次醒过来的时候，他却什么都记不得了。只隐约觉得，自己似乎忘记了些很重要的东西。

乔楠想着，一个人走在街上，心神恍惚，不知怎的，走着走着就到了一处水榭。再往里边走去，高台上坐着一个女子，那女子见他进来，于是轻睥一眼。

“你竟能寻到这儿，你是来找我的？”许归言语轻轻，只看他一眼便收回了目光，“但是乔楠，你的生意，我不接。”

生意，什么生意?

乔楠一顿，却终究没有说什么，拱手辞去。

外边天光浅浅，身后幻影蒙蒙。抬眼，天气正好，叫人舒心。

乔楠于是轻哧一声……自己怎的就被一个梦给影响成这样了？落下一叹，他抬步离去。

离去之前，他想……那个水榭里的女子，真是个奇怪的人啊。

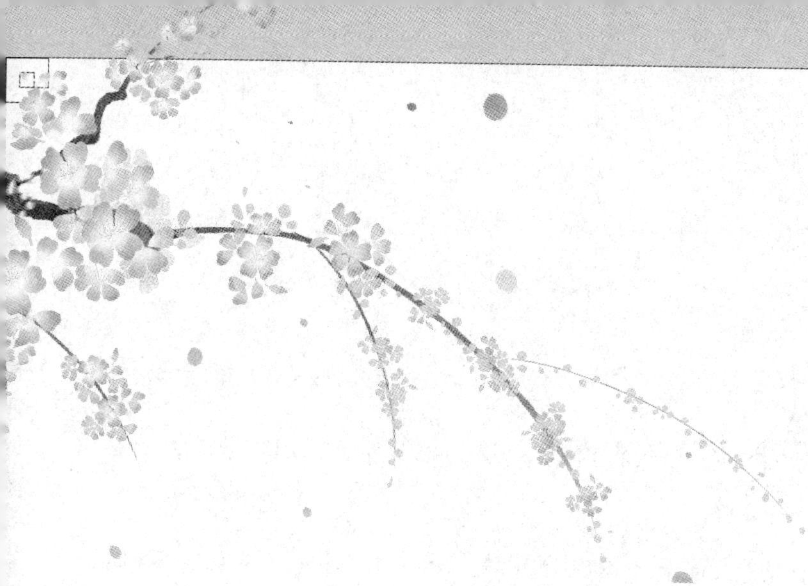

叫我余仙师

文 / 晚乔

“你再等等我，等我下次再过来，事情便都解决了。以后我们好好在一起。”

【一】

我叫余歌，是一个玄幻迷，这辈子最大的愿望就是穿越到玄幻文里当一个剑修。

在别的女孩子玩洋娃娃的年龄，我玩桃木剑；在别的女孩子看偶像剧的时候，我研究阵法；在别的女孩子瞒着父母谈恋爱的时候，我抱着桃木剑坐在自己布好的阵里，念了许久的口诀。重要的口诀念三遍，而我是在念到第三遍的倒数第二句时被打断的。

所以，直到现在，我都觉得，上次如果不是被我爸妈发现了并且把我揪出来做警告，我应该就成功了。

于是今天我趁着爸妈一年一度不带我、两人自个儿出去玩的蜜月期，重新弄了一次。

坐在阵法里，我控制不住嘴角的微笑，任由它放大，直到笑到脸僵。

这回，我准确无误地把口诀念完。

念完之后，窗外忽而电闪雷鸣，那风猎猎，又大又狂。我坐在窗前，被风雨淋了满头，心里却激动。

我抹了把脸，觉得这次能成。

【二】

有一阵风带着雨水滑落我后颈，凉得我一个哆嗦，我反身想去擦，然而就在此时，我的眼睛忽然就迷糊了。仿佛有东西把我的意识从身体里抽离出去，我浮在空中看着自己摔倒在地，肉体没有感觉精神上却一阵幻痛。

我惊愕地盯着眼前闪出的莽光，那光很强，照得我有一种晕车的感觉。

反胃，想吐，可我好想笑呀。

毕竟看这架势，我可能是成了。

等了不知多久，在那阵莫名的眩晕感过去之后，我睁开眼睛，首先是看了一圈周围的景，然后又看了一圈周围的人。

没错了，这是玄幻文里描写过的世界。

这儿的人虽不像我想的那样宽袍广袖仙气飘飘，但也都穿着层叠精细类似仙侠剧里的衣服。确认之后，我又瞧见床帐绑了双层在边上，转头，看到摆设件件讲究，就连桌案的边沿都镶着一圈白玉，没一点现代的痕迹。

我兴奋得两眼一抹黑几乎又要晕过去，就在这关键时刻，离我最近的那位姑娘扶住了我："娘娘，您没事吧？"

我憋着口气在床上一个挺身又直起腰来，仿佛做了一个高难度街舞动作。

“你……叫我什么？”

在我被她吓一跳的同时，那姑娘也被我这副模样给吓出了眼泪。

她跪在榻边哭“娘娘，您别吓我，我……快，愣着干什么？叫太医，叫太医啊！”

我俯下身子与她对哭：“你先冷静一点，什么太医，什么娘娘？你和我说清楚啊！”

也许情绪是会传染的。

边上人见我们这样，慢慢都红了眼，一时间，殿内只有哭声。

我号了一阵，见没人理我，便停下来。可我停了，他们却没有，我盘腿坐在榻上一个个瞅过去，他们自顾自哭得认真，竟也没人理我了。

所以他们到底在哭什么？

我戳了离我最近的那姑娘两下：“还清醒着吗？”

那姑娘凄风苦雨一望我：“娘娘，您……”

“等等。”我挥停了她，决定先弄清楚状况，“你们这个世界有神仙吗？”

姑娘一滞。

我见她的模样，心下一沉，又不愿往坏处想，于是换了个说法：“你们这儿，有人修仙吗？多年习练之后能够御剑能飞升的那种？”

那姑娘的眼睛又泛出新的水光。

我挣扎着，中气却不足了：“不然，炼丹也能挨上，有炼丹的也行。”

姑娘“哇”的一声哭了出来——

“娘娘，您……您怎么了？”

往后一仰，我直接躺了下去，比她更难过。

我怎么了？这还不明显吗？

假口诀害人啊！

【三】

那太医来得很快，走得却慢，我看着他胡子一抖一抖，眉头一皱一皱，说话一个字儿一个字儿往外蹦。那一瞬间，我有一种心如死灰的感觉。

倒不是怕自己得了什么绝症，而是我想，我可能真的来错了地方。

有哪个玄幻世界是这个样子的？

“娘娘这……怕是癔症。”

我听见那个太医拉着先前哭了一通的小姑娘这么说。

他说完了，转头看我。大概是我这时脸色有些不大好了，于是他和那小姑娘使了眼色，转身就要出去。我见他有这意图，闪电般抬手扯住了他的衣角，把那花白胡子的太医大爷扯得一愣。

然后，我抬头对他笑：“有什么话直接说，我能受得住。”

太医噎了一下，没好说话，倒是那小姑娘又哭起来。

“娘……”

“停。”她这眼泪说流就流，看得我心好累啊，“好，你们出去，我不听了，你别哭。”

我明明是好声好气在和她商量，不想小姑娘声音是不发了，眼泪却一行一行地淌。不过还好，没淌多久，她便依我所言，打着手势把那些我不认识的“朋友”弄下去了。

也是他们出去之后，我才发现这屋子居然这么大、这么空，看起来还怪豪华的。

娘娘、太医、宫殿……

等到大概猜明白了这个世界是个什么设定，我放下了床帐坐在里边自闭。

依我所见，这是在宫里。

明明是想去体验一把玄幻世界里的呼风唤雨乘龙驾鹤，谁知道我哪步没做对，居然来到了个宫斗的世界……

呵，按照苦中作乐的说法，我给诸位说个笑话吧。

我，余歌，要开始宫斗了。

从今天起，我不再是余歌，臣妾是钮钴禄·歌。

我越想越觉得自己好笑，脸上却完全笑不出，不止笑不出，还恨不得指天连问：谁把我弄这儿来的？我在这儿能活过三集吗？我会被人整死吗？我以后该咋办啊？

无情无义的苍天啊，你为何如此对待有情有义的我？

【四】

按照我所了解的剧情，我觉着，在太医说我癔症之后，各个宫殿的娘娘都应当会知道，然后我这儿会迎来一拨一拨的人。我既然想好了开头，自然也就机智地在脑内排演了所有的化解方法。可没想到，我端坐着等了几天都没等到别的妃子来探望我。

望着秋风扫落叶，一片空荡的宫殿门口，我陷入了沉思。

我以为自己猜到了开头只是猜不透结局，没想到，这开头我也没猜对。

这好像不是一个常规的宫斗文。

无聊之下，我扯着那小姑娘，叫她带我逛宫后苑。虽然现在不是赏花时节，但那儿总有养好的花儿不是？既然有花儿，一定也会有赏花的人。我现在就想去那儿遇上哪个娘娘，让我走走剧情。也不是没事找事，只是有一句老话说得好啊，这来都来了不是？

我觉得吧，来都来了，咱不能白来啊。

对了，小姑娘叫青环，名儿还挺好听。

前几日我想着古代尊卑有序，一上来就宣传人人平等，拉着她一顿厚待，这肯定是不行的，太容易露馅，于是故意薄待她。没料到当时她就抹起了眼泪，而我一脸蒙，好半天才搞清楚，原来这是我表亲家的妹子，因为和我关系好才做了侍女陪我进宫的，我一直待她亲善，薄待她才是不正常。

当时的我：“……”

好的，抱歉，打扰了。

走在花园里，我扯了片叶子在手里玩：“青环啊，你说我那日走着走着忽然就晕了，我是不是被人陷害下药弄的？”

青环一愣：“娘娘您是自己摔倒的。”

走着走着摔倒，我这么瞎吗？

“你确定？不是有人在路上埋伏我？那我摔倒的地方有没有绳子？就是那种细细的，平时埋在沙土下看不见，但只要有人经过，就会有人从另一头把它抽起来，绊倒经过的人？”

青环沉默起来：“娘娘，您是说有人害您？”

“我可没这么说。”我前后左右望了一圈，“你别瞎讲。”

兴许是被我谨慎的态度感染了，青环也学着我打量一圈：“那您是？”

“我……”

我被噎了一下，摆摆手：“我找找感觉好入戏。”

青环明显没听懂，却也没有再多问，估计闷着自个儿琢磨呢，就和这几天一样。

此时正是仲秋，我溜达着，忽然闻见一阵清香，是桂花的味道。

我不晓得这是哪个年代，但这阵桂花香和现代的好像没什么区别，看来现代也没有污染得那么严重，这些植物还是没有变种过的。

绕过一簇矮树，我往香处走，原是想去瞧花，不料先瞧见了个人。那人背对着我，我看不见他长相，于是便开始看他穿着。怎么说呢，这人身上穿着的衣服和电视里皇上的私服还是挺像的。

可若他是皇上，怎么身边一个宫人都没有？

我正想着，他忽然转过身来。

在看见他正脸的那一刻，我小小激动了一下。

妈耶，如果这真是皇帝，那这小皇帝也太年轻太嫩了，我望着他，满心惊讶。再说，就皇帝这个不看脸的职位而言，他长着这么一张脸实在是有些浪费，这要和我回去，估摸着能直接作为新晋小鲜肉出道。

四目相对间，我愣在那儿，有一些尴尬，直到青环一声“陛下万福”之后，我才找回自己的反应。

“臣妾参见皇上。”

我学着电视里的动作给他做了个礼，做完起身，小皇帝看我的表情有些微妙。是我起来得太快了吗？我顿了顿，又半蹲回去。

小皇帝虚虚扶我：“我听说茗儿前些时日请过太医，如今可是无碍了？”

虽然我知道在这儿我不能叫余歌，可听见这声“茗儿”，我还是有些别扭。

“皇上放心。”我尽量表现得自然，“茗儿无碍。”

“如此便好。”

说完之后，我们又开始沉默了。

不是，朋友，我和您不熟，但我好歹是你的妃子，您和我也不认识吗？你不打算再和我说些什么？

我就这么和他直勾勾对着盯了一会儿，半晌，还是小皇帝先绷不住。

“寡人还有政务要处理。”

好的，我懂了，我大概不受宠。

“恭送皇上。”

等小皇帝走了以后，我长长叹了口气，正想和青环打听一下我和这小皇帝相处如何，还没开口，就先听见了青环惊讶的声音。

她拽着我的袖子：“娘娘您什么时候对皇上这么恭敬了？”

我：“？”

怎么？难道我还是个飞扬跋扈恃宠而骄的设定吗？

这么刺激？

小青环心思单纯，我只是委婉地问了几句，便把那些个过往都给套了出来。

原来先帝刚走，这小皇帝也才上任不久。他年纪轻，在上任前也不是多有势力的皇子，谁也没多对他有过期望。至于他为什么能上任当皇帝，青环说，这个东西，后宫不能多讲，传出去容易生是非。

不过她不说我也大概猜到了，无非就是些权力场上的弯弯绕绕，我在电视里都看过。

小皇帝如今就靠着太后扶持，但太后年纪也大了，手里能抓住的越来越少，因此，她受到的牵制也便越来越多。而官场上，现今最得势的一个，就是我爹。

对太后和小皇帝牵制最大的，也是我爹。

这后宫，我是被我爹塞进来的，他一来是给太后一个下马威，二来是给小皇帝一个下马威，三来是给文武百官一个下马威。

这么一琢磨我就想明白了，合着我这不是宫斗文的设定，我这是个权谋文，又阴又黑的那种，后宫也根本不是故事的主场，朝堂才是。

我眼前一黑。

老天爷啊，我钮钴禄·歌连剧本都没拿到，就变成了政治斗争的牺牲品吗？我恨！

我抹了把脸。

“娘娘，您怎么了？”

我动情唤了一声，声音都带了颤意：“青环啊。”

青环也被我感染得眼泪盈满了眼眶。

我想说些什么，又不知道该怎么说，最后只能长叹一声。

“鱼哭了谁知道，我哭了谁知道。”

青环明显没听懂，但这不妨碍她哽哽咽咽：“娘娘您又在说些什么？”

我：“罢了，回去吧，兴许这就是命，这就是我的命啊。”

也不晓得青环是从我这句话里想到了什么，先前半掉不掉的眼泪忽然成串地落下来，她极心疼似的握住我的手，连声宽慰，说什么“皇上与相爷是朝堂的事情，扯不到后宫里”，说什么“皇上不会苛待娘娘，娘娘且宽心”，还说什么“咱们就和以前一样过，总归这后宫没人会来招惹咱们”。

闻言，我感动地拍了拍她的手背。

还好小姑娘的脑补能力强，甭管我说了些什么，她都能给我圆回来，不然我这东一拨西一拨奇怪的说法怕是装不了这么久。

【五】

兴许因为题材的关系，权谋文里涉及不到后宫，所以这后宫人也不多，事儿也不乱。我先前以为大家每天争宠，各种提心吊胆，都是白担心的。

事实上，这里一片和谐，宫妃们闲着没事还搓麻九。

“三万。”我丢出一张。

娴妃眼睛一亮：“欸，我碰！”

我数了数自己身前的筹码，心都凉了。

我这一辈子啊，到底是个什么命？

从下午打到傍晚，我两手空空回了自己的地方。青环见我蔫了吧唧的样子，宽慰我道："娘娘，不过就是几局牌九，我们下次赢回来便是。"

我应了一声，继续咸鱼状蔫。

这几天我也想明白了，总归都到了这个设定里，我也不能改变什么，不如就和大家一起搓搓牌九，聊聊八卦。左右大家都是背景里的炮灰角色，既然拿了类似的剧本，那就是缘分。

在想通之后，我的日子瞬间又明朗了。

偶尔我会去给大家变个小戏法，比如说靠硼砂作弊表演空手下油锅啦，比如说找一盆鸡血，先让它们相融合，再靠碱面让它们不相融啦。其实都是小把戏，高深的我也不会，可即便如此，我也还是把他们唬得一愣一愣的。

当我再次见到小皇帝，是在康贵妃的殿里。

当时，我正在试图给她洗脑。

是的，我依然没有放弃我的玄幻梦。

我相信，有梦想谁都了不起，有勇气就会有奇迹。

"康康啊，你知道吗？若你去做一件事情，那么，不管多小心仔细，但凡动手，必然会留下痕迹。可如果这时候你借助了异世界的力量，那么，便是谁也抓不出你。"

康贵妃被我勾起了兴趣："异世界？"

我神秘一笑："对，比如有的世界存在灭霸，一个响指就能让世界人口减少一半。有的世界存在一种黄色的生物，平时住在球里，关键时刻你把球一摔，喊一声‘出来吧，皮卡丘’，它就会放出十万伏特，威力之大堪比九天惊雷……”

我说得口干，饮了杯茶，将声音压了压。

“万丈红尘，宇宙玄妙，多的是你不知道的。但没关系，你遇见了我。”

我果然没看错，康贵妃也是个对玄幻感兴趣的。

在我说完这些之后，她眼睛一闪一闪，满是崇拜地看着我，并且把称呼从妹妹换成了姐姐。这一时间，我忽然就懂了那些沉迷美色的男人。

美貌是没人能抵挡得了的，想一想，你坐在这儿，身前是水灵灵的一个小美人，她眼巴巴地望着你，红唇一张，温温软软唤着你的名字……这谁受得住啊？

我勉强稳了稳自己：“不不不，姐姐这称呼我是担不起的。不如你以后就叫我……”

“余仙师”这三个字我还没来得及说，就听见她唤出了另一个称呼。

“皇上？”

欸，瞎叫什么？我可没那野心。

“康儿和茗儿在说些什么？”

我：“？”

小皇帝怎么来这儿了？

小皇帝什么时候站我背后的?

小皇帝来了怎么没有人通传啊?

我刚刚说的那些他是听见了还是没听见啊?

我放空了自己，没注意他说了些什么，只晓得他在说完那些什么之后，伸手在我眼前晃了晃，然后我就这么和他走了。

这个变故突如其来，弄得我有点措手不及，但这一天也不是全无好事的，至少在临走时，我听见了康康和宫人在小声嘀咕，说我可能真的是个神仙。

【六】

不知不觉中，我来到这儿也一个多月了。

这三四十天里，我从未见过小皇帝来我的寝宫，今天是第一次。

我慌心慌神，坐在桌前给小皇帝倒茶。

我倒一杯他喝一杯，他喝一杯我倒一杯，周而复始，我都快习惯了这个循环，没想到，等到我再次提起茶壶的时候，他按住了我的手。

在开口前，他打了个嗝儿。

“不、不用再倒了。”

小皇帝委委屈屈，小奶狗似的看我：“寡人喝不下了。”

“那不喝了不喝了。”我恨不得过去摸摸头，但身份差距在这儿，我没法儿上手，只得推过去一碟糕点，“吃点东西。”

小皇帝：“……”

我发现小皇帝很喜欢沉默。

到底还是个孩子，可能不太会说话。

我心生爱怜，开始找话题：“这天都黑了，皇上您什么时候回去呀？”

说完之后，我忽然意识到了这话不对，于是立刻改口：“我不是催您回去，只是这天色也不早了，您明天还上朝呢，还是早些休息为好。”

这个说法怎么还是有点儿不对？

我还想再改，那小皇帝却先我一步说道：“今日上朝，左相大人又提起了立后的事。”

立后？孩子才多大呀，二十不到的样子，他们想让他娶多少个？

“茗儿有什么想法吗？”

“想法？”我皱了皱眉，“这事儿我也不大懂……”

小皇帝的眼睛水汪汪的：“左相大人的意思，若后位空缺，恐不利于后宫管理。”

“是吗？”

如果我没记错，他嘴里那个左相大人似乎是我爹。如果我没猜错，他在这儿绕来绕去，恐怕想说的也不止这些。

可我实在没想法，说不出什么有内容的话，只能配合他兜圈子。

兜到最后，小皇帝屈指敲了敲桌面：“左相大人上书，提议从贵妃中推选一人为后。”

我点了点头：“康康挺好的。”

小皇帝敲桌面的动作停了下来。

我见他似有不解，立马补充一句：“不，我是说康贵妃，康贵妃挺好的。”

“可左相……”

“左相如何，决定权不也还在皇上手里？”

我知道他的意思，但反正我看他也不情愿。再说了，我可不能当皇后，我还要修仙的。这种表明立场的好时候，我绝不能马虎。

小皇帝的眼神有那么一瞬间变了。

烛光在他的眼里跳动了一下，很短的时间，那一刻，我眼前的小奶狗露出小野狼的模样，看得我微微愣住，赶忙一眨眼。再睁眼，小皇帝还是那个小皇帝，我却不敢疑心是自己看错。

怎么说我也是见过世面的，不是那些傻白甜。

短时间内，我做了个推断，也对小皇帝的人设做了翻新。

我想，比起他是个无权无势的萌新皇帝来说，这是个成长型腹黑的可能性更大。

因为在成长，还没有变成完全形态，所以我能够捕捉到他短时间内的本性流露。

啧，这个权谋文还挺带感啊。

【七】

这段时日，小皇帝常来找我，起初总会说些似是而非的话，久了，那些话中有话的话题就少了，取而代之的是些轻松无内容的废话。我从前看过一个说法，当一个人开始和你说废话的时候，就说明这个人对你已经熟悉放松了。

午后，我本想小憩，可现在，我在床上翻来覆去，脑子里全是小皇帝的影子。

“现在是个什么剧情呀……”

我喃喃着，忽然间床帐被人掀开，小皇帝凑了过来。

“什么什么剧情？”

先前闭着眼睛在我脑海里走来走去的那个人，骤然就出现在我的眼前，我先是蒙了会儿，很快浮现出一个想法。

这是我第一次发现，原来小说里那些小鹿乱撞的描写不是夸张而是写实。

“没、没什么。”

我连忙坐起来：“皇上今天怎么这时候过来了？”

“寡人有些累了。”

他坐在榻边，单手按着额角。

我以前关注过故宫的周边，那些周边的宣传物料里有奏折内容，除却少部分大事之外，折子里什么鸡毛蒜皮的小事儿都有，而且皇上还真的都得回复。当时我就觉得皇帝真是个辛苦的职业，除了能力，也够需要耐心的。

我坐过去给他按太阳穴："因为政务繁忙？"

他摇头："因为阴谋算计。"

我一滞。

这，小皇帝和我说这个做什么？怎么，这事儿他也能对我说？他是有多信任我？还是他又有了什么打算，想利用我在那个左相大人那边周旋一波？

我满脑子的情节转啊转的，转得我头都大了，什么都理不出来。

这时，他按住我的手，拉了下去。

"别紧张。"他说，"我没有别的意思。"

我顿了顿："你怎么不说寡人了？"

他挑眉。

"只是发现我也没有自己想得那么寡。"

说出这句话时，他直勾勾望着我，就和第一次见面时候一样，我却不敢与他对视，反而脸上一热，低下头去。

我的个乖乖，我这是被撩了吗？

小皇帝什么时候学的这招？

不对，他这是真想撩我，还是又在算些别的什么？

我跪坐在他身侧，仔细打量着他的表情，想要从他的脸上看出一丝破绽。

小皇帝这个人啊，也就起初看着像只小白兔，相处久了就会发现，他实在是深不可测。便是我拿出所有看小说看电视的经验，也难分出，他什么时候是真的，什么时候是假的。

而一想到他不过是在骗我这个可能之后，我脸上的热度顷刻就褪去了。

他把我的头发捋到耳后，凑近了我些："你在看什么？"

"我在看一件看不出来的事情。"

"既然看不出来，为什么不直接问我？"

我："？"

他说得好有道理。

我于是打出了一记直球，问他："你是不是喜欢上我了？"

小皇帝笑得眉眼弯弯，看上去纯良又可爱。

"不是说这个世界上没有你不知道的事情吗？"

完了，他开始拐弯抹角了，我一定是猜错了。

果然，小皇帝还是为了利用我。

还没来得及伤心，我便又听到了小皇帝的声音。

"我喜欢你，你不当皇后好不好？"

“什么？”

我发现小皇帝说话总是很有技巧。他总能卡在我脑子转不动的时候，丢一句让我必须要思考一下才能回味过来是什么意思的话。

或者，丢一句让我想半晌也回味不过来是什么意思的话。

“你喜欢我和我当不当皇后有什么关系？”我疑惑道，“虽然我本来就没想当来着。”

他换了认真的神态：“你真的不想？”

我点点头：“真的不想，如果可以，我想当仙师……”

按理说，提到玄幻这么一茬儿，下一步，我就该卖“安利”，问上一句“朋友，修仙了解一下”来着。但这回没办法，小皇帝太狠了，我话音刚落，他一下就吻上来，小狼崽子似的，叼住了就不放。

在被吻住的间隙里，我抽空想着，小皇帝年纪不大，吻技倒是好得很，弄得人晕晕乎乎的。我钩住他的脖子，他揽住我的腰，迷迷糊糊间，我感觉到他往前一扑，下一秒我就倒在了床榻上。

那一下倒得太快，我的背后还压着他的手。

我心一紧，生怕压疼了他，想问，话音却模糊地被他碾在了唇齿间。

我不晓得他是误会了什么，在短暂地松开我的过程中，他摸了摸我的头：“别紧张，相信我。”

小皇帝真是长了一张占便宜的脸啊，对着这样一张脸，怕是没人能拒绝得了吧。

我想说我不紧张，我信你。

可关键时候，脑子一转，我说："你这样不行呀，这是个权谋文，你这样和我谈恋爱，这个故事该怎么分类啊……"

在这种常人已经迷乱到无法思考的时刻，我还能够保持冷静，提出盲点，怎么说呢，可真是个小机灵鬼儿。

但小皇帝并不在乎，愣了一愣，他低下头埋在我颈边闷闷地笑。

"你……"

我想问你在笑什么，但小皇帝用一个吻截住了我。

"我就知道，不能给你说话的机会，不然什么正事都不用做了。"

不是，您管这个叫正事吗？

现在还大白天的？

你考虑过太阳公公的感受吗？

我还想说话，但很快就说不出来了。

我晕乎乎着，只知道跟着他的动作，望着他的脸，现在是秋天，温度转凉了，他的额间却覆了一层薄汗。我被那水光闪了闪，抬手便去给他擦。

而他轻笑，捉住我的手轻吻了一下。

虽然我没有穿越到玄幻的世界，但我感觉这个世界现在玄幻了。

小皇帝……

真是挺撩的呀。

【八】

自从那天下午之后，小皇帝对我的态度一下子就变了，没有更加亲近，反而是冷落下来。他许久没来找我，我不知道他在忙些什么，可我也不晓得自己是心大还是乐观，我想到那日他叫我信他，于是，现在我仍愿意信他。

我隐约猜到他在做一些事情，他不和我说，怕是因为那事和左相有关，他避我，是因为不愿骗我。我在康康的宫殿里坐着，心说，我把理由都给你找好了，在这儿等着你，你千万不要让我失望。

对面的小美人在我眼前挥一挥手："姐姐，怎么说着说着走神了？"

我恍然："没什么，我们继续说。"

一时间，我忽然有了一种完蛋的感觉。

玩脱了真的玩脱了，我现在连卖"安利"都卖不专心了，我不是一个合格的玄幻迷，我的仙师人设要倒了啊。

这一点，我觉得小皇帝应该负全责。

这段时日过下来，青环说我丢了魂儿似的，我也懒得否认，毕竟我自己都感觉到了，我确实不对劲。今天也一样，是丧气满满的一天。

我早早上了床开始酝酿睡意。

起初来这儿的一个月没觉着，后来小皇帝日日来找我也没觉着，倒是最近，我突然就发现日子变得无聊起来，白天晚上的，我竟是什么也不想做。

这点他也该负全责。

都怪他。

虽然不知道为什么怪他，但总归算在他身上就对了。

我叹了口气。

“茗儿在叹什么？”

我一个鲤鱼打挺实力演绎病中垂死惊坐起：“你怎么来了？你什么时候来的？你这个人走路怎么都没声音的？你……唔。”

小皇帝捂住我的嘴：“嘘，你再这么喊下去，谁都知道了。”

他说：“我偷偷来的。”

他放开捂我的手，改捧住我的脸：“我想你了。”

我这小心脏又开始活蹦乱跳起来。

“你这个人怎么这么不懂风情，你要我住口明明有别的办法，你这么捂住我算怎么回事？”

小皇帝眼带笑意：“别的办法？”

我猛地亲了上去。

今天，我就要教教他什么叫套路！

但我好像失算了。

我不过吻上他，算算时间，恐怕还不到一个刹那，他立刻便抱住了我，与此同时，我失去了所有主动权。

小皇帝他有个腹黑的设定，我怎么就给忘了呢？

这晚上，他同我解释了一些东西，是他在做的事。

那些事情复杂，说了我也不懂，我理解不来权谋文的思路，只晓得，他在讲这些的时候表情很认真，模样也怪严肃的，挺有魅力的，也很让人心动。

一番话的时间不短，但我几乎都是盯着他的脸过来的。

末了，他问我：“你记住了吗？”

我不好意思说实话，于是点头：“记住了。”

他倒好，一点儿面子也不给我留：“你根本就没听。”

我：“……”

“也罢，你只要知道我的心意便好。”

他说：“你再等等我，等我下次再过来，事情便都解决了。以后我们好好在一起。”

这大概是我唯一能听明白的一句话。

“别累着了。”

他笑吟吟握住我的手：“你还没答应我。”

这个人啊，怎么这么计较，难道我还能不答应吗？

我无奈地笑：“我等你。”

分明是和之前没什么差别的日子，但因为握住了他一个承诺，我便觉着它不再难挨，无聊时间都好过起来。

偶尔青环会来同我说说皇上近况，多是好话。我边听边笑，觉得这丫头不愧是他放来我身边的，不论是之前的监视还是如今的照顾，都确实尽心尽责。

我也不蠢，哪能什么都感觉不到呢？

入宫做侍女不是一个好差事，若她是我表亲家的妹妹，不说她家里态度，就是身份一栏也够高的，怎么着都不可能只当个侍女。

之前我对这些就不在乎，现在，更不在乎了。

我听她说了许多，也问了她许多小皇帝的事情，有时听得有趣，能借此乐上一天。

那些欢喜里，我唯一不满意的，只是这次的等待太久了些，弄得我怪想他的。

【九】

转眼间，积雪都融化了一轮。

我晓得朝堂波云诡谲，最近也动荡得厉害，但后宫还是这么个后宫，宫妃们闲着无事便打打牌九，再无事些，她们便来找我讲故事，什么也没变。

我表面平稳，如常度日，心却一天天沉了下来。

我也不愿那么想，却开始忍不住了。

我觉得，那时候他是不是在骗我？

他是不是不会再来了?

起初，这个念头一浮起来，我便猛力将它压下去。但就像药吃多了会有抗药性，我压它久了，也就渐渐压不住了。

我想，这个结果很糟，但它恐怕是真的。

夜里，我陷入一场噩梦。

梦里有妖怪，它张牙舞爪，想生吞了我。

我怕得很，一路狂奔，可怎么也甩不脱它。

“茗儿，醒醒……”

小皇帝?

“做梦了?”

我半梦半醒间被他抱在怀里，有点儿分不清现在是梦是真。我迷糊糊地在被子里掐了自己一把，瞬间疼出了眼泪花儿。

是真的。

这小皇帝怎么老是选这种时候过来?

恰好，他把我扶出怀里。

在看见我这一圈眼泪的时候，他一愣，轻笑出来:“怎么吓成这样?”

他不说话还好，这一张嘴，我便感觉到了委屈。

我眼睛一下子更酸了，我抱住他就开始哭：“你怎么才来啊?”

“对不起，来晚了。”

他张口就要解释，可我不想听，我已经许久没睡个好觉了，难得现在安心，时间也适合睡觉。我啄了一下他的唇。

“我好困。”

他给我擦了擦脸上的眼泪，我拽着他就倒下去。

“你如果要说要解释，一定又要说很久，可是我很困，想休息，我都好久没有好好休息了。”我吸了吸鼻子，“所以，现在你只要说一句就行。”

我转向他：“你上次说事情解决完了就来找我，现在是都解决完了吗？”

他点点头，把我揽入他的怀里：“是。”

我舒了口气，回抱住他。

“那好，那我们先睡吧，有什么都等睡醒了再说……”

话还没说完，我便迷迷糊糊睡去了。临睡之前，我感觉到他无奈叹了一声，吻了我的额头。好奇怪，分明担忧了这么久，可他一来，我便好了。

小皇帝倒是个神奇的人，他可能有修仙的潜力，最适合修些控制人心的法术，我认证的。

至于其他什么，我想，等醒了以后再说也不迟。

总归我们，来日方长。

待君归

我会等，等你一起回桃源，
我们共白首。

SUISUI
CHANGXIANGSI

度情

文 / 晚乔

“上马做什么？”
他声音模糊：“上马……”
她没听清整句话，于是追问一声：“嗯？”
得到的是依旧不清晰的发音，可这回她听清楚了。
眼前的人说，上马带你私奔。

【一】

她做过一个梦。

梦中晴空万里，艳阳下边，有人红裳银甲，长枪骏马，走向一个地方。她不知道他要去哪儿，也不知道那个人是谁，可她就是想跟着。

要论原因，她也讲不清，或许，她只是觉得他应该很好看。

她得看看有多好看。

只是可惜，每次她刚刚跟上，梦就醒了，她从来看不清那人的脸。

这天，她一觉睡醒，走出屋子，呵欠打到一半就僵在原地，嘴巴张了半天都没合上。她好像看见那个人了。

这真是个不好的消息。

能出现在这个地方、能被她看见，这个人便是死了的。

毕竟这儿是冥界，而她是鬼。

“喂，你认识我吗？”

隔得很远，把声音压低成了气声，她这么问他。

那个人头也不转，继续盯着前边。她顺着他的目光看一眼，那儿一片荒芜，什么也没有。

耸耸肩，她退了回去。

才不是㞞。

她在心里这么对自己说，才不是㞞，才不是不敢和他搭话，是他没有听见。

在屋子里窝了一个晚上，她透过残破的窗户望他，比之前隔得更远，声音却没有放大一点儿。

她喊：“喂，你认识我吗？”

第一天是这样，接下来的第二三四五六天，依然是这样。

直到第七天。

这天，她不小心多迈了一步，而那一步，恰巧就踩在了一块碎石上。在摔倒的前一刻，她将身子扭成不可思议的弧度，一翻站稳。

这个动静不小，足够惊动那个人。

她看着望向自己的他，脑子一抽：“喂，你认识我吗？”

那个人没动，只是明显有些疑惑。

她忽然一下不知道从哪里借来了胆子，开口便扯了句话来搭：“看你的样子，你是当兵的？军爷？”

那人极轻地颔首：“是。”

见那人有回应，她的胆子更大了几分。

“你站在这儿很久了，累不累？和我走吧，我带你去休息。”

他沉默许久，说话很慢，喉咙里像是卡着什么东西。

“我不走，我在等人。”

这句话说出口，带着“嘶嘶”的声音。也是这个时候，她才发现，他的脖子上横着一道口子，那口子很深，割断了他的喉咙，在他说话的时候，那儿冒出许多血来。

“你在等谁？”

他沉默半晌，没有回答。

见状，她转了转眼珠子，胡诌起来。

“我认识你的，也曾与你有约，其实，你等的就是我。”她说着，弯了弯眼睛，“你在等我，只是你忘了。”

他听了，转头，愣愣盯着她。那道口子随着他的动作又被撕裂了些，她看得心惊，还好他是鬼，不然，这一扭过来，他怕是要疼死。

半晌，他摇摇头。

“不是你。”

她下意识想接“可我在梦里见过你的”，可话到嘴边又换了一句：“那你在等谁？”

“是我喜欢的人，只是我不记得她长什么样子。”他说，随后又接了句，“可若我看见，大抵就知道了。”

这句之后，那人便将头转回去。

她见状，一时没了话，也就回了自己的小屋子。

半夜，她扒在窗户口看着他，用气声唤着：“喂，你真的不认识我吗？”

唤完之后，她皱皱眉，望他一会儿，很快，又舒展开：“明天见。”

【二】

这儿是三途河的尽头，没有鬼差，没有来路，没有出口，但有一些荒废的小屋子，算是冥界送他们的人情，让来者能有一个住处。

她隐约记得，自己在刚刚来到这儿的时候，有谁和她说过，说这儿是个怪地方，里边待着的，都是些喝了孟婆汤也忘不干净的魂。

这样的魂入不得轮回，于是便被安排在这儿。虽然这里看上去就是一片混沌的普通地方，可只需在这儿待上七年，便能把一切执念洗干净，而被魂魄们记得最深、影响最大的东西，会被洗得最厉害。

其中，最可怕的是魂魄不止会遗忘掉它们，还会忘掉遗忘这件事情本身。

七年之间，待在这儿的魂魄，每一日的记忆都会比前一日更模糊一些，直到待满时间，记忆便完全消散。

然后，便会有鬼差过来领魂，将之前的流程再走一遍。到那时，即便还有残余的执念，也会变得很浅，一口汤便能处理干净。

之后，魂魄们会进入下一个轮回。

她不记得这些话是谁和她说的，只记得，在知晓后，她便每日在墙上刻一道划痕算时间。

站在墙壁前边，她抬头，一道道数过来，外边的天色暗了又亮，她终于数清楚了。

两千三百九十二天。

顿了顿，她望一眼窗外，又添一道。

现在，是两千三百九十三。

也许那个人是骗她的，也许那个人夸大了。她望一眼自己手里的瓦片，心想，只剩下一百余天了，可她并没有忘掉太多，她还是记得那个人的存在，还是记得自己在等他。

而且，她好像等到了。

【三】

她每天都去找他，他每天都一个样子。

她说的每句话，他都会回，虽然大多时候都只是一个“嗯”。

他看起来冰冰冷冷，但也挺礼貌耐心。她抠了抠脸，心说，换位思考一下，如果是她在这儿等人，有一个无关的人老来烦她，她可能早就一脚踹过去了。

这天晚上，她又扒在窗口。

那个人还是那个样子，和她梦里的一样。

红裳银甲，背着一柄长枪，只可惜，没骑马。

她轻轻叹，这年头，孤魂野鬼流落在外的其实并不多，大多数鬼还是愿意去轮回的，少许不愿意的，也未必能撑过孟婆那一碗汤。否则，这儿这么大的地方，就不该只有他们两只魂。

说不定啊，他等的人，早就走了，轮回转世，将他忘了个干净。只他不知道罢了。

她这么想着，第二日，也就这么去对他说。

“是吗？”他闻言，愣了愣，“轮回转世？”

“对啊，所以你这样等下去，没有意义的。”

低了低头，他握着枪的手指紧了紧。

“有的。”他眸光一定。

而她微愣：“什么？”

“轮回会有反复，她会再来，只是久一点而已。我等她再来。”

“你……”

她原想告诉他，即便他愿意，也等不到几个轮回，这儿没那么好进，进了也就能待七年。可话到嘴边，她开口，是小心翼翼的一句：“你想起来你等的那个人什么样了？”

他摇摇头：“没有。”还是一样的答案，“但若我看见，我会知道的。”

她“哦”了一声，不再言语，走到他身后坐了下来。

盯了他的背影许久，她鬼使神差问了一句：“你为什么这么确定，说自己等的不是我？”

“我等的那个人，从不主动和我说话，连靠近我都不愿意。”他顿了顿，“她不大喜欢我。”

她闷闷道：“我也可以离你远一点儿。”

闻言，他轻笑一声，面上却没有表情。

那笑声从被割裂的喉管处泄出来，配上他一张冷漠的脸，看上去瘆得慌。

他的声音依旧嘶哑：“你在这儿干什么？”

这是他第一次主动和她说话，说出来的话却像是逐客令。

“不干什么。”她说，“无聊嘛。”

红裳银甲的男子一顿，心想，她大概是误会了他的意思，于是把话补充清楚。

“你不去轮回，待在这儿，是做什么？”他说话很慢，“你似乎并没有在等的人。”

“你又知道了？”她抬头，明黄色的衣裙被光映衬得很亮，“我在等人的，我在等一个人来接我。”她愤愤道，“但那人怕是个大傻子，走到现在还没到。”她又忽然想到什么，低下头，“不过，晚些也好，他没来就是活着，活着总比死了好。”

这些年里，她其实很纠结。

一边盼着能再见他一面，一边又盼着他能长命百岁，无执无念，永远不要来到这个地方。可一想到他真的无执无念，不在意她，她又很难过。

思绪反反复复，不管是人是鬼，在感情这件事上，都喜欢折磨自己。

说完，她站起身来。

“行了，我进去了。”

他走了几步，回头。

“你来不来？我那儿还有好几间空屋子，都是等人，都没等到，一起呗。”

她做好了被拒绝的准备，一句“就知道”都已经放在了嘴边，却不料他轻一点头。

“好。”

“就知……”

她笑到一半，一怔。

“你说什么？”

他望着她的动作，不禁有些好笑。可惜，他许久没有牵动过嘴角，这么一动，还挺不适应的。

于是，他只能再点点头，先回了她。

“好。”

黄衣少女的呆愣比之前更深了几分，这个表情有点儿可爱，让他觉得有些熟悉。

【四】

这个晚上，她的梦有了后续。

虽然前边没有变化，但是，在她跟到那人身边的时候，他回了个头。马上的人逆着光冲她笑，脖子上没有骇人的血口子，声音也清润干净，一切都是正常的。

他说：“站着干吗？上马！”

而她怔怔道：“上马做什么？”

眼前的人开口，嘴唇翕动几下，她却听不见声音。

不知道为什么，她有些着急，潜意识觉得，那人说的应该是句重要的话。而既然那么重要，她当然很想听。

只可惜，她还没来得及问他在说什么，就这么急醒了。

醒来之后，她躺着望了天花板半晌，然后眨眨眼，下床，跑到了隔壁的屋里。那边的人僵僵躺在床上，身上红裳银甲，睡觉也不脱。

她小小声唤道：“喂，喂？”

那人分明没睡醒，却顺着她回了句：“什么？”

她犹豫了半晌，虽然知道这样很荒谬，却还是问了出来。

“上马做什么？”

他的声音模糊：“上马……”

她没听清整句话，于是追问一声：“嗯？”

得到的是依旧不清晰的发音，可这回她听清楚了。

眼前的人说，上马带你私奔。

她瞪圆了眼睛。

也就是这一瞬间，她的心情奇异地与梦重合了起来，眼睛闪过许多场景，这句话在让她意外的同时，也还有一种“本该如此”的感觉。那个人就应该说这句话，就应该在她挥拳的时候笑嘻嘻地握住她的手，就应该在把她弄气了之后又嬉皮笑脸地过来给她顺毛。

就是他。

分明就是他。

可他居然说，他不认识她。

她越想越气，就这么踹了他一脚。

“做什么？”红裳男子被她踹醒。

这时，她已经收好了情绪，于是冷着脸：“没事，做个自我介绍。”

红裳男子一脸莫名：“什么？”

她张张嘴：“算了，我忘记自己不记得自己是谁了，当我没说吧。”

闻言，红裳男子轻叹一声：“小姐脾气。”

“你说什么？”

“我说，好的。”他的声音依旧嘶哑难听，却透出几分温柔，好像这样的事情已经发生过很多次了，“早点休息，好梦。”

她终于不好再发作，于是“嗯”了一声，回到屋里，就这么睡过去。

却不知道，身后那人，在这之后，盯着屋顶看了许久。

满脸的若有所思。

【五】

次日，她还没醒来，他已经出去了。

站在他之前所站的位置，望着他一直望着的方向。

而她在每次刚刚醒来的一小段时间里，都会昏沉迷糊，辨不得什么东西，今日尤甚。

她隐约记得自己昨夜情绪波动厉害，发现了什么东西，可今儿个一醒，却什么也不记得了。

罢了罢了，她下意识地扒了窗户，往那个方向看去。

讲来也是昨天，那个人好像说了他的名字，他叫什么来着？她努力回忆，但只记得他姓李。刚来的鬼真好啊，对之前还有记忆，不像她，连自己的名姓都不晓得了。

她轻咳一声，走出去：“你醒得这么早？”

那人点点头，依旧是沙哑模糊的声音：“等她。”

她点点头，往人家身边一坐。

“我之前没注意，但你这个地方视野挺好的。”她说，“以后，我就和你一起在这儿等了。”

他若有所思：“你等的是谁？”

她一仰头，脸上是满满的骄傲：“我的爱人。”

他欲言又止，沉默半晌。

"你的爱人像我？"

她仔仔细细看他，点头又摇头："很像，但又不大像。"

时而皱眉时而咬唇，她努力地在回忆什么，却最终没能回忆得起来。

"我记得他对我很好，非常好，我也当是很爱他的，但我不记得自己是怎样对他了。只记得，我待他不如他对我那般，而且，而且……我好像有话要和他说。"

"你想说什么？"

"记不清楚，但若是我找到他，我大抵能想起来。"她说完，低了低头，"其实不该拖到现在，真是不该拖到现在。如果活着的时候我能把话说了就好了，也不至于现在满心后悔，却不知道自己究竟在后悔些什么。"

李藏锋缓缓转头。

他身边女子面色发青，眼睛也因为死得太久成了灰白色，半点儿神采都看不见。可即便如此，那大大方方一抹笑也总是挂在脸上，爽朗又温和，带点儿世家的贵气。

她活着的时候应该是很好看的。

控制不住地，他开始想象她生前的模样。

只是大抵他想象力不太好，脑子也在死前被摔得有些惨烈，他想不出，反而弄得自己头疼。李藏锋晃了晃脑袋，不再多想。

却不知道，他这一个晃头的动作，却把身边的人吓得够呛。

“你、你别晃啊！”她猛地跳了起来，手快地扶上他的肩膀。

“做什么？”李藏锋不解。

“脖子上这么长的口子，你再这么晃，万一脑袋晃下来怎么办？我虽然是个鬼，胆子却也不大，你要晃下来，我可能下意识就给你踢了。”她说着，将脚边一颗小石子踢远，“喏，像这样。”

李藏锋有些无奈似的，脱口而出：“大小姐就是大小姐……”

这句话来得有些奇怪，这份感觉也有些奇怪，像是很久很久以前，在哪个地方出现过。

——喂，姓李的我告诉你，你要再装死，呵……你看到我这两把剑没？小心我一把戳你一个窟窿！

——说这种话的时候，你眼睛这么红，可起不到威慑作用。

——你！

——嘶……行了行了。你要再这么捶，我伤口就要裂开了。

——现在吸气喊疼了，之前装死的时候不挺安静的吗？李藏锋我告诉你，但凡还有下一次，我一定把你胳膊给卸下来！

——好了好了，不敢了，大小姐就是大小姐，我以后全听你的行不行……

李藏锋的脑海里闪过一个画面，只是这画面太碎，对话和场景都太碎。

他没抓住就散了。

她转向他：“你发什么呆呢？”

“我……”

他愣了愣，不久又低下头去。

“没什么。”

那是他的记忆里，他们最亲近的一段。

当时北戎入侵，他领军出征、负伤而归，因为伤势太重，在回程的路上昏迷过去。而那日回到营帐，不晓得怎么回事，她居然出现在了那儿，还误会他死了。

他第一次看见她那么紧张的表情，而她在为他紧张的这个认知也让他没忍住多装了会儿。却不料睁眼偷瞄被逮了个正着，因此才有了这一段儿。

算起来，那是他一生中为数不多想要珍惜的时刻。

后来，她许了别人。

当年，他回军营的前一天恰好也是她出嫁的前一天，他夜里纵马寻她，想和她私奔，可她拒绝了。而在那之后，他便再没有了她的任何消息。

她或许嫁人了，她的夫家或许待她很好。

他早该知道的，即便是挚爱，在她的心里怕是也比不上山庄声誉、父母恩德，更何况她对他从来不喜，连说句话都吝啬。

他怎么就因为她那一时的紧张，以为她也在意自己呢？她向来善良平和，想来，即便是一只野兔子死在她面前，她也会不开心。

李藏锋低低叹气。

而他于她，也不过就是一只野兔子。

【六】

当划痕增加到两千五百五十六道，她终于站在墙壁前边，停下画印子的手。

不是不想再记，是不知道为什么要记。

这些印子都是她画的？她画这些印子做什么？

她一道道抚上去，眉头越皱越紧。

这儿的一切是那么陌生。

她好像在这儿待了很久，好像是为了等一个人。可她究竟在这儿待了多久，又究竟是为了等谁，她什么都不记得，半点儿印象也没有。

踏出门去，她看见不远处有一个人。

周围雾气环绕，到处混混沌沌，只他红巾银甲，鲜明得像是不属于这个地方。

“喂？”

李藏锋回头：“嗯。”

她坐在他的身边。

“你在这儿做什么？”

仿佛时光倒退，她待他一日比一日陌生。

“我在等人。”

“等人？”她好奇道，“你在等谁？亲人还是爱人？那个人叫什么名字？”

这些问题，他已经回答过她许多次了。

他一一答道：“不是亲人也不是爱人，是我喜欢的人，她姓叶，叫……”

“叫什么？”

他略显沉默：“我不记得了。”

但很快，他又道：“不过，在我来到这儿的第一天，我把她的名字刻在了石板上。石板在那儿，我带你去看。”

他朝远方一指，她顺着站起身，刚要走过去，就看见虚空中出现了一个人。

那人黑衣高帽，脸色惨白，手里拿着个看不出材质的东西，随手朝她一点。

“该你了，该你了，和我走吧。”

她顷刻间失去了意识，眼神空泛，脚步一转便朝着那人走去。

在这个转身的瞬间，他抓住她的手。

她回头，似有不解。

那是一个下意识的动作，李藏锋也不知道自己为什么会忽然抓住她。

可抓都抓了，他顿了许久，讷讷开口：“你不和我去看看她叫什么名字吗？”

“没时间了。”

黑衣人说一句，她复述一句：“没时间了。”

黑衣人道：“放手吧。”

她轻轻将手抽出来：“放手吧。”

“该走了。”

她似有挣扎，却禁不住黑衣人又道一遍：“该走了。”

那一丝挣扎湮灭在话音里。

她说：“该走了。”

这句之后，她转身，再不看他，只几步便跟着黑衣人消失在虚空之中。

而他怔了许久，望着她消失的地方，按了按自己的心口。

不晓得怎的，那儿生出些说不出的滋味。

他望一眼天，望一眼自己的手，最后独自走向前方。

那儿有块石头，石头上有个名字。

叶北依。

【七】

前路不甚清明，回头却也看不见来时路，她走的每一步都像是踩在虚地上，在步子落下之前，脚下全是空的。这感觉很奇怪，分明是走在虚无里，她的神智却越来越清明，行至桥边，她甚至回忆起了一些东西。

可那不过片刻，一碗汤下去，她的记忆再次空白。

黑衣人看着她走过三生河畔，看着她走到桥的尽头，终于低头，在簿子上钩了一笔。

七年期满，叶北依。

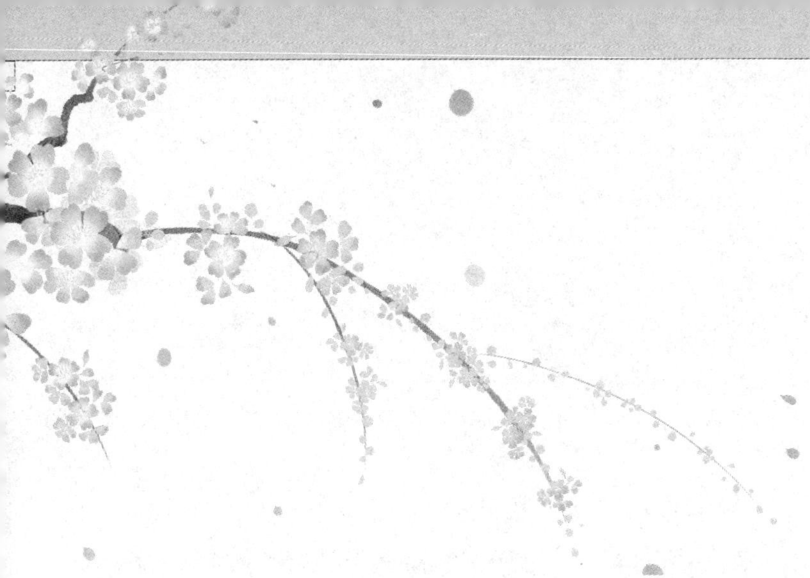

捕获一只小狐狸

文 / 灼灼不停

执子之手，将子拖走。
何以解忧，唯有娶你。

【一】

俗话说，月黑风高夜，杀人放火时。

而夙晚则理解为，月黑风高夜，投怀送抱时。

她趴在百年的槐树上，在一片黑漆漆的天空下睁着两只大眼睛死死盯着远方。

她好不容易才打探到消息，崔靖将军今天晚上将会护送圣物“鬼玉”从这片满花林经过。

她暗恋崔将军几百年，当初他奉命视察狐族时率领将士踏入的那一刻，夙晚就被这个唇红齿白的英俊男人迷得神魂颠倒。

可奈何自己只是一只无父无母的普通小狐狸，对方却是身份尊贵的神仙。

夙晚想得很开，虽然身份相差悬殊，但耐不过软磨硬泡努力刷高存在感。

但这几百年里她发现了一个问题——

身份悬殊虽然不能阻止两个人相爱，却能阻止两个人相见。

夙晚掰着手指算了半天，距离自己上一次看到他，已经有五十多年有余。

见不到还谈个鬼存在感！

夙晚见不着自己的男神就开始茶不思饭不想，跟她玩得好的小狐狸们看不过去，悄悄告诉她不久天庭里负责护送鬼玉的是崔靖。

“等我男神走到那个区域，你就把我踹下去，记住没，小八？”她仔细地叮嘱坐在自己肩膀上的小灵兽。

她的计划很简单，等到他们走到这棵树下，自己就眼睛一闭直接往崔将军怀里跳。

此等耍无赖之事，原本脸皮子薄的夙晚是绝对不会去做的，但前几晚狐族几个成年的漂亮姐姐偷摸着给她支着儿，什么“女人不坏男人不爱”“喜欢一个人就应该死缠烂打”。

脑子不好的夙晚成功被洗脑。

于是，她牛皮哄哄带着自家灵兽在这儿死蹲。

夜色中，一群身着黑色长袍的人以极快的速度向夙晚的方向奔去，大片杂草被强劲的内力压弯了腰，为首的身材高大，而后四个肩膀架着盛放鬼玉的长玉盒紧随其后。

人越来越近，夙晚双眸迸发出晶亮的光，她拍了拍小八的脑袋：“快快快，准备。”

小八收到信号，给了她一个坚定的眼神。

它从夙晚的肩膀上跳下来，转向她身后。

“老大，走你。”

下一秒，夙晚就感到屁股一疼，一股力量带着她直接冲向为首的那个男人。

她闭上眼，嘴角藏不住地笑起来。

灵裘殿上上下下都表示吃惊。

他们家几千年不近女色的傅颜上神今天居然抱着一个女孩回府。

画重点——公主抱。

有人嚼舌头，说是从天上砸下来的。

傅颜刚回殿内就急匆匆往自己房间走，冰块脸沈大魏笔直地站在门外充当看守，管家代表吃瓜群众挪到沈大魏身边，好奇地询问那女孩的来历。

沈大魏冷冷瞥了对方一眼。

“上神有令，今日所见之事不许传出府外，违者后果自负。”

这话一出，灵裘殿的人立马闭嘴。

【二】

夙晚是被疼醒的。

她睁开眼，映入眼帘的是白琉璃裹着翡翠玉的天花板，身下的床柔软又舒适，仔细闻闻，空气中还含着好闻的檀香。

奢华、高端，反正她这辈子是没住过。

夙晚摸摸额头，上面鼓了个好大的包。她最后的记忆便是扑向男神的那一刻，结果似乎和她预料的角度稍微偏了那么一点。

然后，在一群人面前脸着地摔了个狗吃屎。

丢人丢到神仙家了。

“醒了发什么呆，脑子撞傻了？”

冷不丁传来一道低沉的声音。

夙晚吓得从床上跳起来，顺着那声音望去。

那边坐着一个男人，琉璃盏灯光打在他的侧颜上，他有一双特别漂亮的眼睛，近乎纯黑的双眸带着雾气，盯着你的时候，莫名能让你陷进去。

“您您您……是？”

夙晚咽了一口口水，天哪，长得比他男神还好看。

那男人冷淡的目光又投落过来，他站起身，居高临下地盯着夙晚。

“你，不认识我？”

如此一副本大爷如此有名你这个小妖居然不识货的语气，求生欲很强的夙晚连忙挥舞着小爪子。

“呵呵，您这么德高望重我怎么可能不知道，可小妖我从树上掉下来好像砸得有些短暂性失忆了，怕是短时间连自己的名字都记不清了。”

开玩笑，她最擅长一本正经地胡说八道。

说完，她才缓缓察觉到不对劲。

明明她投怀送抱的对象是她的崔靖哥哥，怎么突然变成眼前这个高冷美男了？

莫非……她跳错人了？

夙晚捶了自己脑袋一拳，疼得龇牙咧嘴，这才发现不是个梦，她真的傻兮兮跳别人怀里去了。

傅颜一副盯白痴的模样看着夙晚独自抓狂。

“夙晚，乾坤狐族，妖力在同类里只算排到末尾，我说的，可有错？”

他不紧不慢地开口。

“没错没错，您真厉害，查得比我没见过的妈都清楚。”夙晚头上直冒冷汗。

这家伙什么来历，再给他一点时间没准连她祖坟都能够挖出来丢在她面前。

“我的名字，傅颜。”

他突然半蹲下，手放在床沿与夙晚平视，说话的口吻中带着一丝威胁的气息。

“听过吗？”

夙晚被那双漂亮的眸盯得头脑发胀，内心虽是咆哮“傅颜是个什么鬼东西”，但一开口则是明显讨好的口吻。

“那是自然，不久前你风姿飒爽，踩着风火轮手持乾坤圈大败邪魔妖道，那是真心帅得颠倒众生在我脑海久久不能忘怀。”

……

“我没踩过风火轮，也没拿过乾坤圈。”

……

“天界都和平一千多年，你是在哪个梦中瞧见邪魔妖道的踪迹？”

傅颜毫不给她留面子。

夙晚只得继续呵呵地装傻：“我可能真的撞坏脑子，记错了。”

“既然如此，放任你独自一人岂不是出门就被只妖兽给吞了。”

他伸出一只手揉揉夙晚的头顶，露出一副关爱智障儿童的模样。

“那你就暂时乖乖待在这里，脑子好了再回去吧。”

“上神，轩辕家家主已经在主厅等候多时。”沈侍从敲敲门提醒道。

“你好好休息。”傅颜深深地看了她一眼。

“里面的东西随便玩，但是……”他突然话锋一转，“别想着逃走，否则，你那点妖力也别想要了。”

那腔调中带着一丝不容拒绝，他一瞬间就看穿了夙晚那点小心思，可是这灵裘殿又哪是那么好出去的。

夙晚心一颤，呆呆看着那修长的身影消失在自己视线之中，连抗议都忘了出声。

傅颜，傅颜，这名字竟让她觉得十分熟悉。

把记忆仔细搜刮一番，她才想起——众神首列，傅颜上神。

她这次是真砸到一个大人物了！

夙晚冷汗直冒，吓得差点显出了原形。

想到刚才上神的话，这是要和她秋后算账啊。夙晚歪着头想，留着她能干吗，啥活干不了，还多一副碗筷吃饭，难不成，上神喜欢吃狐狸肉，要把她这只狐狸养肥后杀了吃了？

夙晚越想越抓狂，横竖都是死，自己不能这么坐以待毙。

夙晚从床上跳下来，三两步走到窗边推开，大门走不了她干脆走窗户，以为这样就能困住自己这个爬墙小能手？

夙晚踮起脚往下望——悬崖之下深不见底，下去必死无疑。

她“啪”地关上窗，心里暗暗吐槽这上神怕是个变态，竟然喜欢将房子建在悬崖边。

【三】

“我们昨晚遇袭实属蹊跷，那为首的戴着一枚花型戒指，我府弟子在他面前完全施展不出灵力。”那黑袍老人面色凝重，右手微微颤抖，“看这做派，怕是暗夜族的杰作，他们终究，还是出现了。”

“昨日因崔将军突然失踪，天帝才临时委派我护送鬼玉，如果是崔靖负责，您说他会将鬼玉临时安置在哪里？”

“崔靖隶属于我们轩辕府……你是说，他们的目的是鬼玉？”老人捏紧了拳头，手臂用力“嘭”地砸向桌面，“这群蛮荒叛徒，千年前的教训是忘记了吗！”

傅颜没说话，右手修长指骨轻轻触碰左手腕那道红色伤疤，伤口很深，哪怕是今天它也依旧触目惊心。

或许，它永远都不会愈合。

“请允许老生多嘴一句，如果当年她还在世，可能还能……”黑袍老人叹了口气，却在对方那双突然暗淡的双眸下止住了嘴，他倒忘记了，傅颜上神和她……怕是关系匪浅。

“如今还请上神做好万全之策。”

黑袍老人寒暄了几句后便带着侍从离开。

“你待那角落还没待够？”傅颜冷冷扫了一眼侧门。

躲在角落听墙角听得正高兴的夙晚顿时打了个冷战，被那带着冰碴子的语气吓得连忙推开那扇门，她以那半蹲姿势待的时间太久，慌忙一起身，直接又一次脸朝地华丽丽摔在傅颜面前。

沈大魏双手抱胸，一本正经地站在夙晚身后。

“你和她也就认识几分钟，就跟这丫头后面瞎胡闹？”傅颜盯着沈大魏，表情不悦。

“是属下失职。”

“不是沈侍卫的错，是我非要来的。”夙晚爬起来很讲义气地拍拍沈大魏的肩膀，给了他一个鼓励的眼神。

沈大魏脸一抽，差点跪下去。

“傅颜上神，方才听你说话，我倒是想起些事。”

夙晚狗腿地上前讨好他。

“哦？你倒说说你这小妖知道些什么。”

夙晚咳了一下说："暗夜起源于蛮荒，是曾犯下重罪的妖怪集结而成的组织，他们的首领罪天性残暴，这么多年一直想带着他所有属下冲破蛮荒封印，而想要达成必定要借助圣器，鬼玉。"

夙晚对这些背景这么了解，归功于小八那颗爱搜集八卦还乐于分享的心。

"半个月前在满花林里，我曾看到一支估摸三十人左右的队伍，而其中一人正戴着一枚你们刚刚提过的戒指。"

说来也奇怪，深夜之下，夙晚一眼就看到那东西，就好像，好像他们之间有某种感应似的。

"你这半个月，为何一直往满花林里跑？"傅颜冷不丁问道。

夙晚被对方这重点抓得噎了一下。

难道她要说她是为了提前踩好地点，好在那一天扑倒男神？

说出来会被打死吧……

"我是想去赏月赏花，现在这么好的季节，错过可惜了。"夙晚头脑风暴了一下，理由脱口而出。

傅颜双眼定定地看着她，那双黑沉的双眸，冷漠却又十分威严，看得夙晚发毛。

良久，他才开口：

"喜欢赏月赏花啊……那正好。"

【四】

午后的太阳特别好，夙晚往花园草坪上躺着打盹儿，她来这儿已有小半月，傅颜带着沈侍从将鬼玉送往天庭，到现在也没回来。

万恶的资本家傅颜将她安排在后花园修剪花草，说是不养闲人，又美其名曰，让她工作时随时随地都能欣赏美景保持良好的心情。

夙晚在心中默默将那两个字骂了个百八十遍。

当她起身拍拍手准备离开，却突然停住了脚步。

不知为何，周围一下子静得可怕，明明刚刚很多侍女就在这附近，眨眼间就不见了。

她舔舔嘴角，暗暗拾起一块石块握在手心。

狐狸的本能告诉她，这附近有生人靠近。

她背靠着假石小心翼翼地挪动，如果说这天下谁有胆子敢闯入灵裘殿，那么也就只有暗夜族了。可如今傅颜和鬼玉皆不在府内，暗夜又为何不顾危险闯入？

脚步声越来越近，灵裘殿的防御比起轩辕府只会更强，可暗夜这次居然大白天就悄无声息地深入府中。

夙晚想起了那枚可以抑制灵力的戒指。

“那狐狸藏在这里！”

那几人现身，裹着严实的黑布，手里的长刀闪瞎夙晚的眼。

“早知道有今日，以前就不该在教导法术的课上偷懒。”夙晚迈起小短腿就死命往反方向跑。俗话说打得过就打，打不过就跑，认㞞不过是逃生之计，切记切记。

为首的那人紧随其后，一手抓住了夙晚的肩膀。

夙晚吃痛，回过头瞪了那人一眼，欺负我妖力弱是吧。

夙晚的容貌完全暴露在那人面前，那人眼中闪过片刻的错愕。

“怎么会是你……”那人喃喃道。

“我看兄弟你也是很面熟啊。”夙晚肩膀被捏得生疼，可还是扯出一个讪笑。

而下一秒，那人抽出一把短刀，朝着夙晚就笔直地刺下去。

尽管可能是巧合，但这狐狸也是万万留不得。

夙晚看着那闪着寒光的短刀笔直地对着自己刺下，猛地闭上了眼睛，想不到自己年纪轻轻还没有泡到男神就得死在刀下。她自认为和傅颜八字不和，和灵裘殿水土不服，一凑近就有性命之忧死无葬身之地。

刀没入皮肤，滚烫的血滴碰洒在夙晚的脸颊。

夙晚落入一个温暖的怀抱，原先以为的疼痛并没有到来，她睁开眼，傅颜一只手圈着她，另一只手生生替她抵住了那一刀。

“罪，谁给你的胆子，来伤她？”

傅颜全身上下散发着冰冷的气息，眼圈微红。鲜血顺着他的手臂往下流淌滴落在地上，他却毫不在意，反手一把将夙晚推向身后的沈大魏。

“伤不了她，伤你，也不错。”那人哈哈大笑，手中戒指闪过一丝幽绿的光芒，“傅颜上神，我们好久不见。”

傅颜脸色虽因失血而多了一分苍白，另一只手却是直接凝聚内力狠狠打向那人的胸口。

那人被震得往后退了好几步，被手下搀扶才勉强直起身子。

他眼底一片猩红：“明明在它面前一切灵力都会被抑制……”

“不对，这熟悉的感觉，那不是灵力，而是她的，半数妖力。”那人半倚在同伴身上，一脸诡秘盯着傅颜那张波澜不惊的脸。

“真有意思啊，傅颜，期待我们下一次的见面，也能这么有意思。”

话刚说完，有人撒下烟雾。

片刻间，那一群人便已经消失不见。

夙晚担忧地检查傅颜的伤势，鲜血几乎染红了他整只手，看起来触目惊心。

夙晚呆呆地看着，眼角一酸，滚烫的液体夺眶而出。

傅晚身子一歪，半靠在夙晚的肩膀上，他蹙眉，无奈地在她耳畔说：“你这丫头哭什么，受伤的又不是你。”

语气间不经意流露出一丝难得的温柔。

“这么好看的手，留下疤岂不是要哭死？”夙晚盯食物一般盯着那冒血的窟窿，她重度颜控手控，看着他受伤的手感觉比自己挨一刀还难受。

傅颜：“滚。”

【五】

夙晚乖乖照顾了傅颜两天。

甚至拆换绷带她都要亲力亲为，奈何有心无技术，那绷带缠得差点让诊治大夫心脏病突发，害怕傅颜一个不如意自己的前程彻底断送。

傅颜卧床休息，夙晚就变着法子和他聊天。她最擅长说腻死人的情话，靠这一技能从别家小狐狸手中多坑一块肉。

天渐渐黑下，夙晚临走之前，傅颜破天荒好心地说了一句“晚安”。

夙晚回过头眯着眼睛：“晚什么安，我巴不得想你想得夜不能寐。”

……

“上神，对我笑一下呗。”

……

“你不对我笑一下我怎么睡得着。”

傅颜身体有一瞬间的僵硬，看着夙晚一副“撩里撩气”的样子，想了想，极其认真地回答：“那你别睡了，反正你，想我想得夜不能寐。”

他甚至十分贴心，命沈大魏给夙晚送去一大壶浓茶。

夙晚投降，之后干脆闭嘴看他批阅公事议卷。

“为什么要救我这只小妖，我们非亲非故，只能给你拖后腿。”夙晚撑着脑袋自言自语。

“你这是怪我，救了你？”

傅颜半眯着眼睛，显然是听见了她的低语。

夙晚一愣，转而有些尴尬地打马哈：“你有没有感觉到哪里不舒服的，还是觉得饿了，您吩咐一声小的立马去给您弄香喷喷的饭菜。”

“你不必对我如此恭敬。”他偏过头，语气重新染上一丝疏离。

“我救你，是因为你的命，很重要。”

“很重要吗……”夙晚垂下双眸。这还是她第一次听到这样的话，自己从小资质不行，怕是一辈子都只能做一只碌碌无为的狐狸。

“晚晚。”

傅颜冷不丁这样亲昵地唤她。

他的声音特别好听，莫名让对方不自觉地想要去信任。

“你走吧，我们，不要再见面了。”

【六】

“夙晚，老大，祖宗。”

小八扒开矮灌木，才发现化为原形的小狐狸夙晚仿佛打霜的蔫茄子，一动不动地躺在原地装死。

小八毫不客气踹了她一脚：“再躺下去你就会成为狐族有史以来第一个胖死的狐狸了。”

“那就让我胖死吧。”夙晚一脸生无可恋。

她回到狐族已有数日，想到傅颜对她说的最后一句话，让她原本灼热的心，顿时从里到外凉透。

“只怕他觉得我是个超级累赘，早就想把我给抛开了。”

小八又往她屁股踹了一脚，看着夙晚疼得嗷嗷叫，这才恨铁不成钢地说：“你一天到晚脑子里都装着什么玩意！”

“暗夜攻入天庭，你的傅颜上神正跟暗夜激战，你也知道，暗夜手握花戒，那些人的灵力也根本无法发挥极致，单凭傅颜一人，你觉得他能抵挡住多久？”

夙晚一个激灵爬起来：“你是怎么知道的？”

“你先别管我是怎么知道的。夙晚，你只要知道，这天下能救他的，只有你。”

小八深深叹了一口气。

无论是三千年前，还是三千年后。

夙晚第一次发现原来小八这么厉害，它带着自己毫不费力杀入天界，一路上无数人和妖的尸体密密麻麻叠在一起，腐臭气息尤为浓重，大片大片的暗血映入夙晚的眼里。她的头开始莫名疼痛，好像很久以前，这场景也曾发生过一次。

远远地，傅颜率领一众神将，皆是满身污血满身伤痕，与那千千万万疯子般的暗夜族厮杀。

如此这般，三天三夜，精力早已接近耗尽。

伴随刺耳的嘲笑，锋利的刀尖没入胸口上方，在那身纯白的战袍上染出大片大片触目的血红。

“偏了一分。”

“真是可笑，为了那个女人，傅颜上神就算死也不愿动用鬼玉。”

罪面部扭曲，死死盯着对方。

“喏，就算是神，挖出心脏也活不了。是不是很痛，可当初我被她剐去血肉之时，那才叫痛彻心扉。”

“痛？”傅颜扯出一个苦笑，眼神有少许涣散，“我这一生，只为一个人痛过，而那个人，不在我身边了，所以，我再也不会感到疼痛。”

“傅……颜？”

熟悉的口吻传入耳畔，傅颜抬头，一脸惊讶地看着不知所措的夙晚，而看到小八，这才如明白了什么一般面露怒意。

“八重天，谁允许你带她来这里？”

“那小狐狸也来了。”罪瞥了夙晚一眼。

“说起来看到她的时候，当真是吓了一跳，不过既然人家不远万里赶来，怎能不邀请她欣赏我们上神垂死的好戏？”

罪另一只手握住一把长剑，他朝着傅颜嘶吼：“今日就让你体会当年我受到的耻辱！”

“不要！”

夙晚哭红一双眼，看着那剑朝傅颜挥去。

她终于体会到当初傅颜看着她差点死在刀下的感觉，胸口仿佛快要爆炸一般，恍惚之中似乎有什么牵引着她伸出一只手，指尖只是在空中微微一动，瞬间就移动到他们俩中间。

她正对着傅颜，看着咧着嘴，僵硬地看着自己，长剑没入小腹，腹腔只觉一股腥味上涌，一丝鲜血从她嘴角慢慢溢出。

正好，她欠他一条命，这就算还了。

“晚晚，你疯了。”傅颜颤抖着扣住她的腰部。

是他的错，早在那一天，他就不该把她带入灵裘殿。

但一瞬间，傅颜只觉自己体内存放的妖力像是被顿时抽出，金黄色的光芒源源不断地流进怀中之人，而夙晚那原本致命的伤口，也以看得见的速度开始愈合起来。

“原来，真的是你啊。”罪盯着夙晚的后背，这是多么熟悉，又令人害怕的力量。

夙晚抬起头，轻轻推开傅颜，那双眼睛只留着一丝和傅颜相近的清冷。

“晚晚？”

夙晚没有回应，转身看向那人。

“我记得你三千年前就死了，九尾妖神，狐族之王。”

罪抹去脸上的污垢，双眼通红地盯着夙晚：“当初我以为你只是长得像她，没想到，我那次失手，竟是生生给自己挖了条死路。”

“罪，你拿了我的东西，该还给我了。”她语气平淡，却夹杂着一丝不可抗拒的意味。

鬼玉和花戒相生相克，而她尊为妖族之首手握花戒，在三千年前与暗夜族的大战之中，她差点死在战场，罪身负重伤，却偷拿了那枚戒指。

夙晚只是手指微动，花戒像是感应到什么从罪指尖脱落，自行落入夙晚手中。

花戒认主，如今夙晚觉醒，它也必定该物归原主。

暗夜失了花戒，狐族之王归来，这场战役，暗夜必输无疑。

【七】

“刚才多有冒犯，八重天阁下。”傅颜低眸说道，“这些年委屈您作为一只低级灵兽陪伴在她身边。”

不远处，一只巴掌大的灵兽身上散发出浅金色的光芒，它的身躯逐渐变大，而气质与灵力也开始以惊人的速度暴增。

“小八这个名字很可爱。”

傅颜故意调侃，堂堂威震四海八荒的天阶灵兽，这几千年来日子估计过得有一分坎坷。

“我和我主人当年是以血为盟签订契约，定当同生死共患难，”八重天舔舔自己纯白的毛发，“我倒是忘了小傅颜你啊，也曾搭上半条命，献上半身血，可你这个口是心非的神，偏偏那时又把心上人推得远远的。”

傅家一脉，留有一招逆天改命的秘术，只要夙晚尚且留有一丝灵魂，傅颜都能把她从鬼门关救回来。但这逆天改命的能力，左不过是以命换命，如果没有鬼玉协助，死的就是他。

在那之前，他俯身于地，跪在傅家家族门口整整五天。

而后换来了秘术方法，和父亲的一声叹息。

“我哪里是口是心非。”傅颜苦笑，八重天当时带走夙晚之时问他会不会后悔，他没说话，只是轻轻抚摸夙晚的脸庞。

高处不胜寒，夙晚活得并不快乐，好不容易有了能逃离的机会，自己又何尝不想成全她。

“本是说好了，让你带着晚晚去过普通狐妖的生活，你倒好，转了个弯，又把她送来。”

“我是怕你想主人想出什么毛病，这才绑了崔靖那小子。我知道没了他，上头一定会安排你来护送鬼玉，我也万万没想到主人误打误撞替你挨了一剑，封印的记忆和妖力倒回来了。”

八重天习惯性吐舌。下一秒，它突然发现这身体貌似不太适合做这么萌的动作，连忙收住。它还想说什么，只觉得背后突然多了一道刺骨的寒光，它倒吸一口凉气，刺溜跑到一旁，讪笑着看着夙晚。

夙晚一手拖着半死不活的罪，一手微微凝聚妖力。

傅颜只觉疼痛减轻了几分。

“晚晚，你在怪我吗？”傅颜苦笑着迎上那双毫无波澜的双眼。

“怎敢怪傅颜上神。”

夙晚刚得回记忆和妖力，过去那些漫长的时光，原来是面前此人与自己相伴，虽是忘了，但那天她以新身份与傅颜相遇时，她的心就出卖了她。

傅颜，是意外，是与众不同。

“喂，我这次可能真的回不来了。”

“喂，你怎么不说话，我可没骗你啊，与暗夜对战凶险万分，我还真怕自己一个不小心丢了命。”

“喂，如果我死了，你会伤心吗，会流眼泪吗？”

夙晚曾经执意要个答案，他们是如此相似，相处却又如此小心翼翼。

“你是十万年妖狐之王，万人之上，众人敬仰，我对你好，是因为你持有鬼玉唯一的克星花戒，是因为你能让我踏步青云，迈入众神之列。”

“晚晚，你错了，我不爱你，我爱的只有自己。”

傅颜当年说这么一番话，夙晚不傻，他的谎言自己懒得去戳破，索性遂了他的意。

她一直好奇傅颜为何故意把她推开，直到沙场之上生命尽头，恍惚中看见他疯了一般冲破屏障奔赴她身边。他知道她是万万不会用他来换回自己，所以他远离她，为的，就是提前准备秘术。

“傅颜，你猜，我还爱你吗？”

夙晚靠近他，替他擦去脸上残留的血渍。

他们分离了整整三千年，却好像只是一瞬间。

傅颜眼角有亮光微闪，晶莹的泪珠无声无息顺着脸颊滑下。

他确实是一个无趣之人，却在坚持一件事情上固执得可怕。

如果你死了，我一定会伤心，一定会流泪，所以你不能死。

“不管你爱不爱我，我只知道，我很爱你。”

很爱很爱。

【八】

满花林深处有一处桃花池风景极好，百花齐放，芳香四溢，当真是美景佳境。

夙晚躺在满是花瓣的柔软草地，快活惬意得不行。

“你倒是比以前活泼开朗多了。”

傅颜满意地念叨，和夙晚相处的那段日子，她那二货般脱线性格起初虽是不习惯，却还是欣慰。

他剥着葡萄，放入那只盛放果肉的小碗之中。

一年前战场上，夙晚一脸严肃地质问他，他以为追妻漫漫长路又得往后推个几万年，谁知夙晚下一秒画风突变，抱着他一把鼻涕一把泪，一口一个我也好想你好爱你，把身旁的八重天雷得里焦外嫩。

“可能是当了三千年半吊子狐狸夙晚，心境也变得年轻了吧。”夙晚大大咧咧地说。

“不过，说起来我还没找你算账。”她突然翻了个身子，双臂环上傅颜的肩膀。

傅颜，我很生气，因为你曾经骗了我一次，虽然那谎话假得不能再假。

“嗯。”

傅颜垂着头，额头轻轻抵在夙晚的肩膀，嗅着她身上淡淡香气。

“要不是本尊冰雪聪明，又得被你耍成猴。

“所以本尊要好好地惩罚你。”

夙晚拉开对方，双手拂过他的面颊与他那如墨般的双眸对视。

“嗯。”

傅颜眼角微红，嘴角上扬，他扫过那张娇艳的脸，从额头、眼睛，到鼻子，最后停留在那诱人的红唇之上。

死死盯住。

“你……想干吗？

夙晚被那如狼般的眼神盯得发毛，打了个冷战，想要后退几步，却被一只胳膊拦腰截住动弹不得。

“我想干什么，晚晚你看不出来？”

傅颜在她红透的耳尖轻轻喃喃，修长的指尖划过她的下颚。

“你没看出来吗，我，想吻你。”

如今美人在怀，他再冷静禁欲，此时此刻不做些什么，也太对不起夙晚的投怀送抱了。

更何况，这个吻，她已经欠了他三千年。

“我说你俩要腻歪能不能等到婚礼结束之后，知不知道我这几天忙得都瘦了好几斤，我告诉你们管他什么契约主仆的，婚礼一结束老子就卷铺盖走人！”八重天气得对他们吹胡子瞪眼睛。

“那婚礼有什么好去的，不过是一群不熟的神仙贵客假惺惺道贺，要不是天帝下令我才不高兴办呢。”

傅颜附和地点头，他家晚晚说什么都是对的。

“所以干脆就在这里吧，”夙晚狡黠一笑，不知从哪里摸出一个盒子。她单膝跪下，小心地将盒子打开，里面有两枚纯白戒指，是天帝赐予他俩护卫有功的嘉奖。

“那老头就会躲事，好在送的东西还算耐看。”

夙晚拿起其中一枚放在傅颜面前：“请问傅颜上神，你愿意娶我为你的妻子，生生世世永不分离吗？”

傅颜露出无比明显的笑意，他倾下身子，将那枚戒指套在无名指上。

他亲手将她推开三千年，留下自己一人默默承担思念之苦，偶尔他在暗处看着夙晚无忧无虑地玩耍，也曾想走近告诉她：“嘿，小狐狸，你过得好吗，我很想你。”

但无数次，他也只是转身离开。

他了解夙晚，包括她这个感情白痴自以为是胡乱喜欢上了崔靖，他承认自己很恼火，夙晚说她爱了崔靖三百年有余，可自从她离开的那天算起，他又生生念了她多少个三百年。

“无论以前，现在还是将来，我都愿意，晚晚。”

傅颜满怀爱意，温柔看着面前心爱之人。

好在，兜兜转转，万般磨难，他们仍然牵起彼此的手，依旧能够陪伴彼此漫长的一生。

执子之手，将子拖走。

何以解忧，唯有娶你。

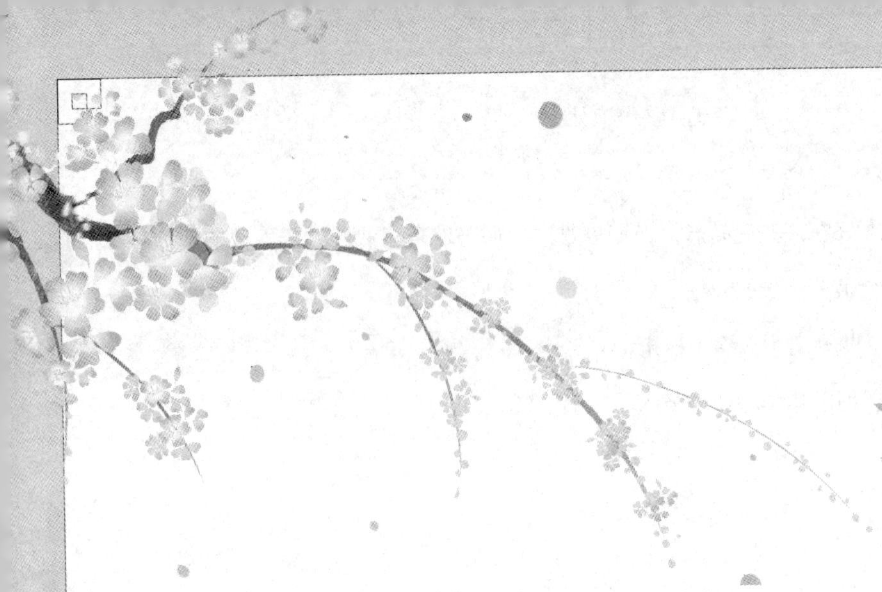

长亭遗梦

文 / 神神叨叨

在陈国，他们都叫我姚四。但他们不知道，其实我叫姚善。这是王给我取的名，自我出身时起，我就注定是他的暗卫。

【一】

我是个很闲的人。每日要干的活，在清晨天还未亮时就能完成——替牢里的死囚写遗书。

陈国不知从哪一位皇帝起，便有了这项十分仁慈的规定，死囚被处决之前，可由人代笔，留下点念想给家中的亲人朋友。

我从十二岁起，揽下这份差事。

那一年冬，陈国公主便装出游，我在众目睽睽之下偷走她的钱袋，被抓去见官。好在公主心善，又见我年纪小，就说押起来关几天得了，也没挨板子。

在牢里待的几天，每日寅卯相接之时，我都会听见牢门“吱呀”一声，狱卒领着一位书生进来。

书生手中端着一套文房四宝，眉头深锁，步履沉重地往里头走。后来一打听，才知道这书生是来干吗的。

被放出来那日，我赖着没走，跟狱吏毛遂自荐“我识字，念过学堂，也能给死囚犯代笔，不用给钱，管饭就行。”

我知道，现在代笔不好请，不少读书人心高气傲自命不凡，不愿来污秽之地。再者，要面对那些穷凶极恶的将死之徒，并不是件易事。

我当场给狱吏写下一篇《神女赋》，狱吏答应了。

从此我留在陈国都城最大的监狱当差，整二十年。

这座庞大森严的牢笼有个雅致的名字，叫长亭狱。最深的那层，关着翟国身份最尊贵的人。

今天出门没看皇历，又撞上西街姓郑的媒婆。

她脸上的褶子笑成一朵花，大嘴抹成红屁股噗噗往外放屁：“姚四啊，你屋里被子厚不厚呀？晚上可得把自己捂严实了，要下大雪，别冻着。”

她这是拐着弯埋汰我一个人过日子，没人知冷知热。

我与郑媒婆结下梁子已有多年。她帮人说媒，我从没点过头，因为我有喜欢的人。

我喜欢的那个人，去了别的国家，娶了别人当新娘。

我放不下他，便一直拖着。拖到现在，三十二岁，连郑媒婆也放弃了，不再上门纠缠，只是走路上碰到免不了要被她损两句。

隔壁杀猪的也曾跟我打听：“姚四你说说，你喜欢的那个人到底有多好，能让你惦记他一辈子？”

我说不出来，于是指指天上的月亮。

流光皎洁，又遥不可及。

我已经很久很久没有见过他了，每日临睡前在脑海中细细描摹一遍他的样子，把印记加深。可即便这样，还是抵挡不住时间的消磨，他的轮廓逐渐变得模糊起来。

我不愿忘记他分毫。

他明明说过，他会娶我。

【二】

大概因为昨天见过郑媒婆的缘故，早上爬起来就觉得丧气。

外面的天还是黑的，我提着灯笼往监狱去。一路的狂风和雪朝脸上扑，叫人睁不开眼。

一扇扇牢门打开，今天坐在我对面的囚犯是个女子，因毒杀朱家十三条人命而入狱。她戴着手铐脚镣，埋着头，嘴里念念有词，仔细听，又好像在哼着什么曲。

我摊开纸，研好墨，提笔问她想要写什么。

她像听不见，沉浸在自己的一方天地里，压根不理我。

这样一来，耽误了许久，牢里的那线窗户渐渐开始有光透进来，天快亮了。天亮了，犯人就要被押去菜市场的断头台上行刑。

时间快要来不及，我心里开始有点着急。

虽然女犯人已经被五花大绑，动弹不得，但多少叫人心中忌惮。恰逢老李巡逻，我将他招呼过来："你过去看看，这女人没半点反应，怕不是疯了？"

老李名叫"李大嘴"，应了他这名，长满横肉的脸上开着一道大口子，上下嘴唇往外翻飞。他说话时口齿不清，听说小时候没少被人笑话，后来便变得不爱张口，性情却凶残起来，是长亭狱中出了名的暴吏。

他走近女囚，先朝她的膝盖骨狠狠地踹了一脚。

没换来什么反应，只是那低低哼唱的歌声，反倒嘹亮起来。我终于听清，她唱的是："妾身悔作商人妇，妾命当逢薄情夫……"

老李恼怒，揪起她一头糟乱的头发往上一提。

女子突然反抗，死命咬住他的手腕，口中藏好的针扎进老李的血肉中。

我旁观着这场变故，等了等。

等老李瘫软下来，倒在地上。我开始大声喊人。

老李被抬走，但我知道他活不过今日午时了。

雪从昨夜开始下，不曾停过。

走出长亭狱，我看见一只野猫蜷缩在街角冻得瑟瑟发抖，眼睛上都结着霜。这么冷的天，这些年，那个人又是如何熬过来的？

没有人知道。

我也不知道。

长亭狱共有四层，越往上走，关押的越是重要的犯人。

我从来没去过三层以上，这次可以去体验一把，因为我顶了老李的职。

老李死了。

他待在监狱的时间比我还长，五十多年，几百号狱卒里，只有他才能进入长亭狱的第四重，负责给第四重的犯人送一日三餐。

能接手他的差事，得益于我二十年来经营的好人缘。我跟狱司喝酒时感慨：“最近手头紧，银子不够花。”

他悄悄在桌子底下捂住了钱袋，我又说：“都怪去了趟胭脂阁，买了两盒香粉，那玩意儿真贵。”

“你……你买香粉？”

“最近看别人恩恩爱爱女儿成双，我孤家寡人一个，有点羡慕啊。”

狱司老爷听罢趴桌子上大笑，可我实在听不出哪里好笑了。

笑完之后，他装模作样地安慰我：“也好，也好。姚四啊，你洗干净脸打扮打扮模样也不差，别惦记什么负心汉了。”

他们都知道，我喜欢的人去了别的国家，娶了别人当新娘。

十年前这在长亭狱是件让人津津乐道好嚼舌根的趣事，嚼了十年之后，大概觉得索然无味，才渐渐无人提起。

如今我想嫁人的消息再次传开，想必吃瓜群众也很兴奋，等着看好戏。

果然，狱司说：“你去把老李的活儿领了，每月能多几钱银子，再去买点胭脂水粉。”

【三】

长亭狱的每一层只有一个出口，层层相通。

我去第四层送饭，必须经过二三层。第二层把守铁牢门的人叫张自洲，第三层的叫钱黛。

这两人的身份都很特殊，他们并非狱卒，而是犯人。

张自洲占山为王打家劫舍，直到有次他劫走了给陈国太傅的寿礼，在太岁头上动土，终被拿下入狱。

钱黛则是陈国边境出名的恶人，她生得貌美，干的却是经营青楼逼良为娼的下流勾当。当逢乱世，朝廷本是放任不管的，但她野心不小，当年盘算着要把楼里的一位绝色舞姬送去皇帝身边，谁料走漏风声，被宫中正得宠的何贵妃截了胡。

钱黛被何贵妃记恨上，稀里糊涂被关进长亭狱中，这些年没少吃苦，若不老死狱中，恐怕难消贵妃心头之恨。

十年前，在长亭狱发生了陈国建国以来最大的一次监狱暴动。

因狱卒残暴，囚徒们集体越狱，只有张自洲和钱黛没有逃。

记得那晚我在酒楼喝酒，醉得一塌糊涂，第二天清晨照旧去长亭狱帮人代写遗书。站在牢门口，突然低头发现脚下的血蜿蜒流淌，地面都被染红。

那一晚，反抗与镇压的双方死伤惨重。

而张自洲与钱黛却立了一功，他们非但没有逃，甚至帮助狱卒拦截囚犯。

所以事后他们得到了一项特权，变成了单层的守门人。张自洲能在长亭狱的第二层自由活动，第三层则变成了钱黛的地盘。

这两人混得风生水起。

老李生前曾问过他们，那次为什么不逃。

钱黛说，逃不掉，也就那群傻子天真。

语气中全是认命。

我拎着食盒，踏着台阶往上走。

二十年来，不可逾越的距离终于在这一天一步步缩短。

到了第二层，张自洲从里面把牢门打开，他见到我，一点都不惊讶。

到了第三层，钱黛依在门边。即便在长亭狱中，她依旧是最艳丽妖娆的那个，让人容易第一眼看到她。

我从她身边走过，她细细打量我，笑了一声。

“等等。”

她叫住我，两步走过来。

手伸过来时，我下意识地偏头，想要避开。

她拨掉我肩上的一根草屑，又理了理我的头发，绾了一个漂亮的髻。

“好歹是个姑娘家，怎的平日里也不好好打扮打扮？”

“为何要打扮？”

“去见情郎，自然得……”她柔着嗓子唱了一句，“当窗理云鬓，对镜贴花黄。”

【四】

二十年后，此时此刻，我终于登上长亭狱的第四层。

冰冷的石室中回荡着空旷的脚步声，外面呼啸的风声雨声雪声被层层厚重的石砖所阻隔。

满目的黑，让人如临深渊。

我曾经听老李说，即便是三伏天最烈的艳阳日，这里也透不进一丝光亮。

我吹燃火折子，沿路把壁灯一盏盏点亮。

在路的尽头，最后一间牢室中，我看到了他。

瞿国曾经的王。

“阿善……”

四目相对时，他嘴唇一开一合，声音沉哑，近似呢喃，却几乎把我的眼泪叫得掉下来。

在陈国，他们都叫我姚四。但他们不知道，其实我叫姚善。

这是王给我取的名，自我出生时起，我就注定是他的暗卫。

眼前这个衣衫褴褛的人，即便身处牢狱之中二十年，依旧如少年时期那般明朗，像天幕上的星辰一样为人指引方向，不管是我，还是张自洲和钱黛。

我们等这一天，等了很久。

火光微茫中，我听见钱黛的哨声又响了，带着蛊惑一般，钻进人的血液中，和十年前发生暴乱的那天一样。

只是这一次不同，张自洲和钱黛会打开第二层和第三层通道的大门。我们会一起，杀出去。

为了我们共同的王。

鲜血和火光中，守护我们的信仰，遇佛杀佛，遇魔杀魔。

满天的叫喊，好似无边旷野上焚烧的枯草，在生命最后的尽头枯木逢春，变成势不可挡的力量。

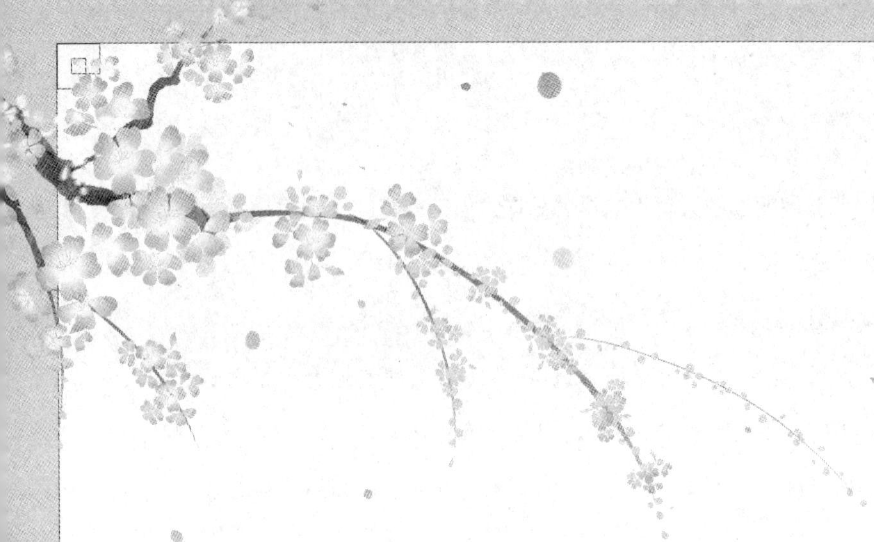

彼时花落不相逢

文 / 矢厘

遇到她之前，他从未想过，成亲之事。

遇到她之后，他心里暗誓，他的娘子唯有她一人，无论生老病死。

【一】

宁觉寺香火绵延，施主祈福还愿。

亲手为施主挂上祈愿书笺，便是他每日所要做的功德。

他脱离尘世，已有五载。

尘世唯一挂念的便是家院落里的那株梅花。

钟声敲响，这是宁觉寺的聚堂钟，宁觉寺所有人等，全部去往佛前大堂。

新帝登基，特此大赦，长宁城内所有僧人三日内全部还俗。

【二】

本清净的僧寮内响起一阵急促的脚步声。

“萧眷。”

闻声，他微抬眼帘。

来人是宁九，住他隔壁。

“萧眷……”他轻喃，若是眼前的宁九不提，他怕是要忘了他俗世的名字。

“听闻你尘世了无牵挂，何不和我一同去蒲州，兴许能找到发财的路子呢。”

宁九将怀里的包袱系得更紧，瞄了一眼一言不语收拾经文的萧眷。

他将包袱甩手扔至罗汉床上，手推了推萧眷的肩膀：“去还是不去，你倒是给个痛快话呀。”

萧眷沉思半刻：“不去。”

宁九后半句话被噎了回去，故作惋惜道：“不去可别后悔啊，别说我没义气。”

宁九双手轻拍着灰色长袍，拎起罗汉床上的包袱，道：“那我可走咯。”

“嗯。”萧眷轻应。

待脚步声渐远，他整理经文的手一顿。

蒲州与长宁城隔了千万里路，既还俗，他自是要回去看看，他家院落的那一株梅花，开得可还好。

日落西山，他途经了五个驿站，才走到了长宁城。繁华长街，他一袭灰色长袍，穿梭人群中，引来不少人驻足侧目。

僧人还俗，未曾有先例，新帝下旨特赦，不过是应普天同庆。

【三】

他居住的地方离繁华长街甚远，偏西靠山脚，夜深露重，寒风呼啸，吹起他的一角衣袍。

推开两扇老旧木门，院落一片死寂，那株他最牵挂的梅花毫无生气，形如枯槁。

进了屋，他点上一油灯，举起灯盏照映里屋四面，屋梁上布满了蜘蛛网，衣袖轻拂了一下铺满灰尘的案桌，被呛了个正着。

他将里屋利索地收拾了一番，遂去井口打了一木桶水，准备给枯木梅花浇点水，兴许，还能起死回生。

可刚舀起一瓢水，敲门声应声响起，一记提起的嗓门："萧秀才，是我呀，对街的王婆子。"

王婆子，乃长宁城颇有名气的媒婆，许经她手做的媒，没有一桩不成。

这个时辰，她前来，定是想给他说一桩亲。

他虽已还俗，可无心姻亲。

正欲几句打发了王婆子，便听到她说"续弦"二字。

他眉心松动，脑袋猛地一阵疼，眼前一张粲然笑脸忽而闪现，转瞬即逝。

手扶住木门，清瘦的脸微皱，嗓音低沉：“恕不相送。”

站在门外的王婆子一听，嘴一扁，脸上敛了笑意，要不是他生得几分俊俏，又学富五车，她才懒得操这闲心。

猛叹一声气，随后她拂袖远去。

屋外没了动静，王婆子走远，可他仍心绪难平，她说的话已在他心里掀起波澜。

续弦？他，成过亲了？

良久，他才敛了心神，踱步到梅花树前，抬起眼帘，指尖还未碰触到树干一丝一毫，耳畔倏地响起一个清澈如泉的嗓音。

“你闻闻，我香吗？”

手蓦地停在半空，近在咫尺的声音，鼻间沁入一股淡淡的梅花香，身侧却空无一人。

眉骨忽而被什么轻蹭一下，微仰起头，漆黑的夜空密密麻麻地飘下梅花瓣，紧皱的眉心被轻揉着舒展开……

此刻的长宁城，繁华长街上，无论男女老少，都在拍手欢呼，梅花雨落，已有五载未闻梅花飘香了。

“滴——”一滴血从鼻间蓦地滑过唇瓣，恰巧落在梅花瓣上。

“咚——咚！咚！”

屋外响起了三声锣响，更夫的吆喝声由近及远。

……

【四】

油灯燃尽，书卷被翻得破损几角。

揉揉眉心，他双手按着案桌起身，刚迈出里屋门槛，就听见更夫敲锣的声响。

“咚——咚！咚！咚！咚！”

走街串巷，每户人家都听得见。

他轻呼一口气，原来已是寅时。

院落里的梅花不知何时开了一朵，红艳艳地挂在细枝丫上，这朵梅花开得比往年早了许多。

他轻甩衣袖，踏步上前，香气四溢，不过仔细瞧着，这梅花瓣少了一瓣。

喉咙里突然一阵刺痒，干咳几声，猛地咳出了一口血，虽以衣袖微遮，却无心溅落一滴血在梅花瓣上。梅花娇艳，染上殷红也看不出什么。

起风了，他衣衫穿得单薄，许是着了凉。

待他进屋，那朵梅花四周散出一圈红色光晕，少了一瓣的梅花瓣慢慢滋长了出来……

许是昨晚书卷看得太久，这一觉竟睡得昏沉，还做了个梦，梦里有一女子唤着他的名字。

“萧眷。”

“萧眷。”这一声，音调忽而拔高，带着少女的俏皮。

他眼皮微动，缓缓睁眼，一张稚气未脱，闪着灵动眸子的清秀脸映入眼帘。

“你终于醒啦。”说着，她的脸越靠越近。

他吓得一激灵，猛地起身，额头与她的额头相撞。许是他力道太大，她被撞得“哎哟”一声，猛地往后一栽。

她双手捂着额头，一袭红色纱衣如刚出染缸铺满青石地上，衬得她越加明亮动人。

哀号之际，她仍不忘睁开一只眼，偷打量着他。

见他不动，她叫唤得更大声了。

见状，萧眷慌了神，她这般扯开嗓子喊，这四邻可不得都听见了。

他连忙下榻，温言细语，她却越加放开了叫唤。不得已，他慌乱捂上了她的嘴，此刻也顾不上“男女有别”这四字了。

可她眼珠一转，蓦地抓住他的手重重地咬下一口。

“嘶！”萧眷轻呼一声，眉头紧皱。

他也没挣脱，就这般任由她咬着。

她心里嗔了一声，这书呆子。她缓缓松了口，想着无趣，只得作罢。

她默默地伸手抹了抹嘴角，却摸到一片黏糊糊的血迹。她视线下移，就看到他胳膊上的牙印子上渗出了血。

被她突然抓起手，他心下一激灵，生怕她又找个地方下口。

随着“嘶”的一声，轻纱被扯出丝丝细线。

她扯下衣衫下摆的一角，给他开始乱缠。

他想挣开，可她却攥得更紧。他从未与哪个女子这般，长宁城内也没有哪个女子像她这般不问俗法礼常。

看着她轻颤的睫毛，他的耳根子红得能滴出血来。

“好了。”她铃音般的声音响起，他才收回神，低下头看看那缠得如一团乱麻的包扎，嘴角微上翘。

在被她发现之前，他轻咳一声来掩饰：“你从哪儿来的，叫什么名字？”

“嗯？”她思忖半晌，手撑着脑袋，极认真地开口，“我不知道。”

她也不知道她叫什么，打哪儿来，她的记忆里都只有一个人，她想，她就是为这一个人而存于这世上吧。

“但我知道，你是萧眷。”她双手撑在红色纱衣上，猛然靠近，让萧眷也猛地一后缩。

“原北蜀人士，十三年前，北蜀突发洪水，你与家人走散，遂跟着避难的人来了这儿，自此安身于长宁城，儿时吃百家饭，为了读书，在私塾做杂活，后私塾老先生见你天资聪颖，教你读书识字。你十五岁便一举中了秀才，后来私塾老先生病重，将这私塾托付于你，可不过三载，你身体抱恙，不得已关了这私塾……”

萧眷认真地聆听着，她看着不过碧玉年华，为何对自己之事如此清楚？

他神色严肃：“你是从哪儿得知我的事儿的？”

她脸上露出一笑：“因为我心里有你呀。”顿了顿，她将手轻按在心脏处，“这心是为你而跳的，没有你，就没有我。”

说着，她抓起他的手，誓要他感受。

萧眷脸泛红，猛地咳嗽一声，抽出手，慌乱逃离，起身去院落透透气，却一眼瞧见了院落那株梅花，不过一夜，就开满了一树。

这梅花开得比往年都要早。

风起，梅花瓣摇曳。

“帮我取个名字吧。”她双手背在身后，侧着身子看他。

“忽然一夜清香发，散作乾坤万里春。”他唇轻抿了抿，望着似被梅花染红的那一方天空，“然春吧。”

还未真正入冬，梅花就开得如开春般百花齐放。

“然春？”她轻声念，“我喜欢。”

她踮起脚，附在他的耳畔：“就像我喜欢你一样喜欢你取的名字。”

他眼皮微抬，耳尖似被飘絮拂过一样，回过神，问道：“你还没告诉我，你打哪儿来？”

正走到里屋中央的她轻盈转身，笑得如甜果：“我从梅花来。”

……

【五】

她从梅花来……萧眷轻皱起眉，望着梅花瓣上染上的殷红，他嘴角笑意染得更深。

他想起来了，他的妻子，然春。

这五年，他浑浑噩噩，全然忘了与她的记忆，如同行尸走肉，落发为僧，不过是他的逃避。

木门沙沙作响，一阵强风卷起地上残叶，猛然推开本就经不起风吹雨打的木门，一黑一白身影赫然出现在他眼前。

冰冷的语气响起：“萧眷，你阳数将近，快跟我们走吧。”

萧眷笑着，却红了眼，猛然又咳出一记血，这场景似曾相识。

……

【六】

五年前，他阳寿将近，阴曹地府已派人来拿他魂魄，可然春却以身挡住来拿他魂魄的黑白无常，与黑白无常好一番纠缠。

她身上有两股气息，一正一邪。黑白无常面面相觑，他们从未见过如此纯澈之人身上竟会有两股气息，叫人分不清虚实。

见不占上风，然春心中顿生一计，她猛然冲到榻前，双手按住他的肩膀，嘴唇碰嘴唇，将她的气息渡给了他一半。

此生此世，你我共存。

黑白无常见此，不好定夺，只得回去向判官请罪，这生死簿上多了一身份不明的人。

屋内寒气逼退，萧眷才敛起震惊思绪。

然春却单手托着下巴，静静地看着他："我要嫁与你为妻。"

萧眷嘴唇半张半合，半天才结结巴巴地问道："为、为何？"

"你与我既有了肌肤之亲。"她说着，不由得微低下头，声如蚊蚋，"长宁城的姑娘，若与人……"声音越来越小。

萧眷的心不由得漏跳了半拍，唇上的酥麻之流还未散尽，他紧抿了抿唇："我，不过是将死之人罢了。"

他不想拖累她。

她猛地抓住他的手："你不会死的，有我在，你休想死，我才不会让你丢下我一人。"

根治不了他的病，她就以血养他，保他之身。

可若想保他，仅凭她一人之力实属难事，她自是梅花来，便想到了以梅花吸食人间精气来保他，虽知道她如此之为，会违乱人间秩序，可她顾不了那么多了，她只愿他平安。

若有报应，就报应在她的身上吧，她甘愿承受。

……

【七】

萧眷的身子好转许多。每日卯时，她都会端一碗以梅花自熬的汤药以养着他的身子，药效确实是好。

长宁城内，无人不知晓，今日是个吉日，他们都说，她是他的福星。

可她的身子却差了许多，以梅花吸食人间精气，需要有人做引，她便是那个引子。

脚下一个踉跄，差点不稳，若不是她双手扶住镜台，她怕是就摔了吧。

望着镜中，她身着凤冠霞帔，一身喜服虽喜庆，可她的脸色却煞白。

门外响起了敲门声，萧眷的声音响起：“然春。”

她遂抓起红盖头，盖住惨白的脸，轻轻出声：“进来吧。”

萧眷踩着黑色高靴，缓缓步入屋内，就见一袭红服的她端坐在镜前，一双红烛悠悠地燃着，亮得人眼都要睁不开了。

遇到她之前，他从未想过，成亲之事。

遇到她之后，他心里暗誓，他的娘子唯有她一人，无论生老病死。

……

【八】

他们是长宁城内人人称羡的神仙眷侣，他读书，她便在身侧研墨，她纺纱，他便在身侧画她画像。

可好景不长。

她的身子骨每况愈下，连日又有不少黑魂上门纠缠。

地府的人也对他们紧追不放，她不在生死簿上，他们奈她不了，可萧眷的生死簿上，阳寿已枯，如今还活于世上，不过是在违背大地纲常，有悖伦理。

她以身阻险，可法力大不如前，遭了反噬。

黑无常举一长鞭曲起，幻化成影："这一鞭子下去，你元神恐要尽散，还不快快让开！"

然春挡在萧眷面前，蹙眉摇头。

黑无常怒嗟一声，扬起手中长鞭，正欲鞭去她的一魂一魄时，不料萧眷猛地翻身，将她紧紧护在身下，一记如悲鸣般的巨响，鞭在他的后背上，衣衫被扯开一道口子，皮肉绽开，血丝相连。

他乃凡人之躯，受了这一鞭子，抵不住这股阴冷之气，猛地吐了一口血。

"萧眷！"

萧眷紧紧握住她的手，手心冰凉，目光深情："别怕，我在。"

黑无常双手紧拽了拽鞭子，这次，他要一举打散他们的魂魄，既然琴瑟和鸣，他就成全他们，做对地府鸳鸯。

"呀——"黑无常面目狰狞，使尽全身气力，长鞭还未碰到他们一丝一毫，便被出现的魔界使者轻易扼住，一个翻转，长鞭被收于他手，掌心燃起黑色火焰，长鞭烧成了灰烬。

如今魔界猖獗四起，黑白无常也不敢招惹，只得悻悻离开。

魔界使者转身，脸上戴着一黑纹面具，让人看不清他的神色，只见他蓦地蹲在萧眷的身侧："少主，少主。"

这一声少主，她听得很真切。

少主？

此人是魔界之人，他唤萧眷为少主?

戴黑纹面具之人将一丹药塞入萧眷嘴巴里，然后起身，一道无形黑影锁链猛地从他袖口蹿出，牢牢地扼住她的喉咙，她双脚蓦地离地。喉咙发不出一丝声音。

“若不是你，少主早就一统这天地了，若不是你困住了他，现在仙界怎还会屹立。”

“什……什么？”她费力地从喉咙里呜咽出几个字。

他是魔界少主？是她阻止了他回归魔界，成就大业?

“他来凡间历练浩劫，阳数将近，肉身将死，即回魔界重生，为了老魔主心中所愿，一统这天地，却因为你，因为你这个下贱之身，被困于凡间又五年。”

不，不会的，萧眷只是一凡人……

他手腕微微一转，锁链上出现一尖刺，猛地刺入她的脖颈，他声音低沉地响起：“好好想想，你究竟是什么？”

……

【九】

凡间的一年，是仙界的一百年。

一百三十年前，仙魔大战，老魔主亲征仙界，仙魔两界混战，凡间遭了洪水、干旱，所有后果皆由凡间承担。

那时，老魔主自知被叛徒所害，无法与仙界抗衡，将死之际，散尽全身功力，凝成雪珠，扔向凡间，他的儿子已在凡尘间历练了五年，待凡间历练圆满，方可重振魔界，一统这天地。

而她，不过是一缕混杂了仙与魔的戾气，魔界为了混淆仙界，而趁乱将她丢入凡间，以扰凡间秩序，吸食人间精气，以备日后被魔界一统天地所用。

……

可偏偏，她落在了他的那株梅花上。

……

【十】

原是一场孽缘。

他与她的相见，不过是一场巧合中的孽缘。

……

梅花雨停，萧眷微微闭上眼，他想起来了，他都想起来了。

他是魔界少主炎尘，凡间历练二百三十年。

他的凡人之躯取名萧眷，肉身将死，却因她的血引，拖了又一个五年，这副身子怕是再也拖不动了。

区区一个肉身，不要也罢。

……

【十一】

他弃萧眷之肉身，重生为炎尘，却自封魔界记忆，自散功德，守在长宁，守她而归。

她为他能重回魔界而自断轮回转世，魂魄飘散，寻不着一丝。

他为她放弃一统这天地。

他想要的，不过一个她罢了。

长宁十五载，再没有萧眷这一人。

却有梅香坊坊主一人，字炎尘。他的香料名，皆取自她妻子之名，然春。

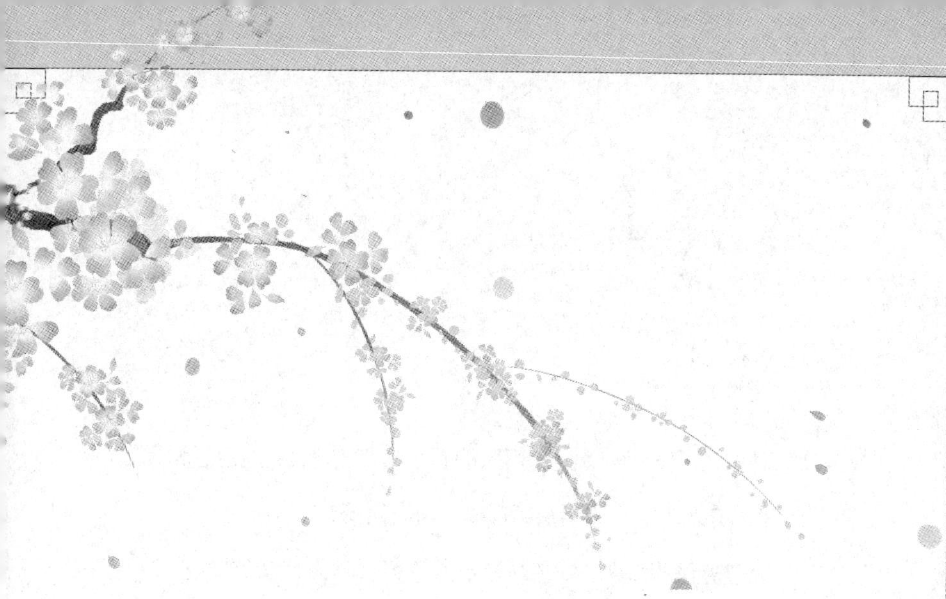

·画皮画骨难画相思·

文 / 矢厘

他突然从身后抱住她，害得苑金子身子一僵，她从未与男子有如此接触，心怦怦乱跳。
“我愿生生世世做你的红豆，解你的相思。”

【一】

骊风城，乃是边陲小城，是商队跨西京与北宁的要塞，说起骊风城，人文地理、美酒佳肴、诗词歌舞哪样不叫人艳羡？

可若真说起骊风城之珍宝，当属城中第一富商苑老爷家的三朵金花，一朵更赛一朵。

长女苑金铃琴棋书画样样精通，蕙质兰心，一点都不输京城中的名门闺秀；次女苑金娇刀枪剑戟使得出神入化，英姿飒爽不输战场男儿；幺女苑金子……俏丽明艳，真真是苑家的开心果……

【二】

庆丰节，乃是骊风城最盛大的节日之一，祈每家每户年年丰收有今朝。

麦穗子从簸箕里抛撒，泼得人一身，谁被泼得最多，寓意着那人今年运气满满，会遇着喜事。

苑金子最喜热闹，此等盛大隆重的节日，岂能不去沾沾福气？

玩得尽兴了，可好日子也就到头了。

“小姐，你快点儿，我撑不住了。”苑府高筑的外墙，有两抹做贼似的影子，一个人踩在另一个人的背上，下面那个不时发出婉转凄呜的声音。

“小银子，再坚持会儿，到时我奖励你一整只烤羊腿！”苑金子双手好不容易扒拉着糙墙头，却因底盘不稳儿，而摔了个结实。

苑金子揉着她的腰：“嚯，腰散架了散架了。”

闻声，小银子连忙匍匐过去，急了：“小姐，伤哪儿了，我瞧瞧。”

苑金子轻拍开小银子的手：“往哪儿摸呢？你小姐我还是黄花大闺女，你未来姑爷还没摸呢，你动手动脚成什么样子？”

小银子嘴角一抽：“小姐，折子戏都没你说得有意思。”

“未出阁的姑娘家家也不知害臊！”

闻言，苑金子身子一个激灵，翻身就起，也顾不上腰了，拽着小银子就要逃，哪知被一群人逼了回来。

苑金子吞了吞口水，嘴角一咧，转身便瞧见身材伟岸的苑金庄苑老爷双手背在身后，一副当家派头显露无遗。

“阿爹。”苑金子一跺脚，一捏嗓，着实让人掉了一地的鸡皮疙瘩。

苑府最年长最得力的姜管事扶额叹气，虽说幺小姐回回都用这一招，但老爷偏偏被吃得死死的，顶管用。

一见老爷眉头舒展，绷不住了，姜管事就知道，幺小姐赢了。

苑金子搂着苑金庄的脖子，亲昵地蹭着他的脸：“阿爹，你不生气了吧？”

他真是拿她没办法，自己的女儿不宠着，还能打不成？

“金子啊，你……你好歹也是苑府的三小姐，得注意体统，也顾一顾你阿爹我的脸面不是。你知道城内对你的评论吗？吃喝玩乐、不学无术。”虽是责问，可掩不住宠溺。

“阿爹，我那叫肆意潇洒！”

“你看你，不知悔改。”苑金庄啧啧两声，瞧着她的脸似小花猫般，心就全软了。

“下次可不许这样了，你一个姑娘家，日日出府去玩，以后谁还敢要你？”苑金庄伸手轻拍了拍她的后脑勺，吩咐小银子，“小银子，带你家小姐回府好好洗个澡，瞧瞧你们满身的麦穗壳……”

阿爹一路的碎碎念，终于在她入自己闺房后戛然而止。

苑金子扯开束发的绸带，一头青丝如瀑垂在腰间，两步作一步轻盈一跃，直接扑入了柔软的床榻。

小银子见状，“哎呀”一声，连忙上前，一边帮小姐脱鞋一边道：“小姐，你还没换衣服呢。”

苑金子将整张脸都埋在绸被里，闷闷出声：“小银子。”

“嗯？”

“我的腰好像断了。”

“……”

【三】

月上枝头，皎洁的月光轻洒下来。

苑金子换上干净的衣衫，单手撑着脑袋坐在绮窗前，揉着腰若有所思。

“小银子，我今年多大了？”

小银子将抹腰的药膏收起来，瞧了一眼小姐：“小姐今年十八了。”

“是啊，十八岁了。”苑金子想不通，她的长姐姐十五岁便许了人家，她的二姐姐十五岁便与意中人私定终身，可偏偏她，未许人家，也未有人家上门提亲，难道她最后只能沦落去庙里当姑子？

她记得，她的长姐姐到了婚配之龄，苑府的门槛都要被踏破了。

虽说她没有长姐姐聪慧有才气，也没有二姐姐行事果断有魄力，可她好歹也是苑府的三小姐，苑金庄的掌上明珠哎！居然没有人来提亲？

苑金子一时着急，一转身，腰又扭着了，可仍不能平她心里的疑虑：“小银子，你说，你小姐我长得很丑吗？”

“不丑。”这是实话，明眸善睐，一股子机灵劲。

“那为什么我还未婚配？”苑金子叹了一口气，“算了，反正我也不着急，我还想在阿爹身边多陪他几年，尽尽孝道。”

瞧着小姐抑下哀怨的样子，小银子心里不好受。

可是，她什么都不能说。

【四】

这天夜里，苑金子做了一个很长很长的梦。

梦里，她遇到了她的良人。

他说，他叫顾时隽，是北宁的商人，做的是丝绸买卖，最喜欢骊风城的风土人情与独属于骊风城的绸绣。

她与他在一家绸绣庄为一匹上好实属难见的朱红绸绣不争不相识。

一袭靛青长衫，腰间配着一金丝白玉绦，衬着他身姿挺拔，一副好皮囊惹得她心猿意马。

男色当前，她果断舍了绸绣。

他也未想到刚与他争得面红耳赤的人儿竟那么痛快就撒了手，还大方地出了一锭金子为他买下这匹朱红绸绣。

瞧他如此震惊，苑金子嘚瑟地冲他扬了扬下巴，活像个烟花之地寻乐子的油腻大爷，花大手笔只为博美人儿一笑。

瞧自家小姐越发没有正行，生怕被人瞧了笑话，小银子适时上前捣了捣她的胳膊肘，让小姐注意姿态，她可是一府闺秀，断不能像个登徒子似的，瞧见长得俊俏的少年郎就像饿狼瞧见猎物扑上去。

虽说平日里，老爷都说，小姐要是相中了谁，就将其绑来成亲，可现今是说法讲道理的盛世！

小银子掸了掸额头渗出的汗，为小姐操碎了心，瞧小姐的架势，真像是匪窝里的头儿！一副要将这公子押回去做压寨姑爷的气势！

“你瞧着我做什么？”待掌柜的包绸绣的间隙，他问。

“因为你好看呀。”

他不应，可耳尖儿却红得能滴出血来，却仍佯装镇定，自袖中掏出一锦盒，递给她。

“这是定情信物？”苑金子惊喜道，可打开盒子瞧，里头竟是一光泽磨亮的红豆。

“你在捉弄我？”一红豆换一金子，好似有些亏。

跟在精明细算的阿爹身后，她可学得不少，首要一则便是不吃亏，不做亏本买卖！

“你的红豆聘礼我收下了，记得早些来提亲。”

花一金锭，得一翩翩夫君，美哉！

瞧着她将锦盒好好收着，他忍俊不禁：“你还不知我姓谁名谁，家住何处。”

“你来提亲，我不就知道了？”瞧着他好看的眉眼，她痴迷了，“所以，我等你娶我啊。”

“你在调戏我？”他修长的手指轻搭在掌柜包好的绸绣上，盯着她骨碌碌转悠的眼。

苑金子蓦地回神，摇头摆手否认三连，她堂堂苑府三小姐怎会做出如此不识礼数不顾身份的事儿呢？

下一秒，她说：“那如果是呢？”

他嘴唇一扬，提溜起绸绣便出了铺子，欲擒故纵的手段用得倒高明。

苑金子不死心追上前：“哎，你还没告诉我，你的名字呢？”

他步子一顿，弄得跟紧的苑金子一鼻子撞上他的背。

“顾时隽。”

苑金子揉着鼻子，闷闷道：“你谋杀未过门的娘子呀。”

小银子瞪大了眼，她着实没想到小姐竟然如此大胆，当街说出这般不顾名声的话来。

他低头偷笑：“你紧跟在我身后，我还没说你谋杀亲夫，你却恶人先告状，好没道理啊。”

“嘁——”苑金子脑子一转，忽地抓住了话里的重点，“夫君？”

他害羞佯装咳嗽：“聘礼都收了，想反悔？”

苑金子喜形于色，生怕自个儿吓跑了她相中的人儿，出门一趟，倒捡着了一个样貌英俊的俏夫君！

【五】

后来，她才知，红豆又唤相思豆。

他说，他会来提亲，可连等了好几日，都不见影子。

小银子瞧着小姐思春的模样，偷着笑：“小姐生病了。相思病。”

苑金子回了神，脸染上霞红，嘴硬道：“我……我身子好得很！”

“哦。”小银子欠揍的模样让苑金子瞧着真来气。

小银子灵活地躲过苑金子朝她丢来的一花绣包：“小姐，别急，准姑爷定在来的路上。”

苑金子忽地露出如花年纪特有的娇羞，轻喃道：“那……我再等等。”

三日后，他来了，携一件朱红绸绣的婚服做聘礼。

一时间，苑府三小姐要出嫁的消息传遍了整座骊风城，郎才女貌，真真是一对金童玉女。

婚期已定，顾时隽在府里住下。

成亲前七日，按风俗，新姑爷与新娘子不许见面，否则会不吉利。

苑金子偷摸来瞧瞧他，她才不信那套说辞与古风俗呢。

本想着来瞧一眼一解相思之苦，却没料到被他逮了个现行。

借着橘黄的光亮，他倚在屋内檐柱，瞧着她鬼鬼祟祟入屋，磕磕绊绊，不禁笑出了声。

苑金子顿觉失了面，闹着要走。

“你要是现在就走了，谁来治你的相思病？”

苑金子扁着嘴：“我没病。”

他突然从身后抱住她，害得苑金子身子一僵。她从未与男子有如此接触，心怦怦乱跳。

“我愿生生世世做你的红豆，解你的相思。”

苑金子红了脸。

他在她耳畔轻喃细语：“金子，我会生生世世待你好，以朱红绸绣为聘，与你携手到白头……”

梦的最后，她梦见自己满身是血，躺在金色的麦穗中，像极了枯叶里的一只红色蝴蝶，被折断了翅膀，再也飞不了。

苑金子惊醒了。

“小姐小姐，”小银子闻声赶来，瞧着满头是汗的小姐，满是担忧，“小姐，你怎么了？”

苑金子后怕地扑入小银子的怀里：“我以为我死了。”

小银子哭笑不得，回握住小姐的手：“小姐，你好好着呢。”

苑金子环顾四周，这才松了口气，整个身子都软了下来：“小银子，我做了个梦。”

“只是一个梦。”小银子轻抚着小姐的背，柔声安慰。

苑金子皱紧眉，可这个梦，真实得就像发生过一样。

【六】

苑金子在屋里翻箱倒柜地找："小银子，我阿娘留给我的那身朱红绸绣的纱裙呢？"

她分明记得，她好好地存在红木箱里了呀。

"小银子，人呢？"

苑金子寻得满头大汗，叉腰瞧不见人影："小银子！"

"一大早的又在闹腾什么？"苑金庄踱到屋里头，他在门外就听见他这闺女大嗓门。

"阿爹！"苑金子一瞧见阿爹就心里欢喜，"你今早不是和叔伯门去猎场吗？"

"怎么，不欢迎阿爹？"

苑金子撒娇地挽住他的手，黏人得很："怎么会呢，阿爹。"顿了顿，她又问，"阿爹，我阿娘留给我的那身朱红绸绣的纱裙呢？"

苑金庄面色一沉，为免被她发现，扯出一个笑容："你阿娘何时给你留了这朱红绸绣的纱裙，你阿娘女红的手艺可差得很。"

苑金子心里生疑，她记得，那是阿娘留给她的嫁妆，为什么阿爹却说没有呢。

梦里，她就穿着那一身朱红绸绣的纱裙躺在麦穗里……

瞧阿爹这吞吞吐吐的模样，其中定有鬼，一定瞒着她什么。

待阿爹离开，苑金子转而对小银子严刑逼供，誓要逼着她吐出什么才罢休。

小银子嘴硬，未吐露半句，最后招架不住被挠痒痒，只得“扑通”一声跪地：“小姐，你就别为难小银子了。”

苑金子心中越发生疑了，她暗暗发誓，要弄清其中缘由。

从前阿爹和姐姐们哪会这么瞒着她，就差把她宠到天上去！

苑金子辗转难眠，怎么都想不明白。

【七】

直到她遇到一个自称能知人前世今生的神算子，他不收分文，只为有缘人卜一卦。

一听不收钱，苑金子自然傻乐地拽着不情愿的小银子陪她算一卦，虽说她从不信这些，可听听也无妨。

那道人捋了捋花白长须，装神弄鬼地以红米做蛊，手中长羽一挥，面色骤然一变，语重心长道：“姑娘，已度前世今生，爱恨痴嗔皆过眼云烟，阳命既续，还望忘却红尘烦忧。”

苑金子正理思绪呢，哪知小银子比她还激动，犹如泼妇骂街般将那道人骂了个狗血淋头，那架势就差没把人家的小摊掀了。

那道人弯弯绕绕地说了一通，苑金子越发糊涂了，虽未信以为真，可心里总有个疙瘩。

“小银子，你说，那道人说的是什么意思？”

“定是胡诌瞎说，讹人呢。”

苑金子鼓着腮帮子，可瞧着那道人模样，也不像是个江湖骗子：“可他一没讹我们钱财，二也没落着好，还被你骂了一通。”

“小姐。”

“小银子，他说什么阳命既续，是说我续了命？”苑金子左瞧右瞧，她活泼乱跳、能吃能睡、四肢健全，嗯，还有影子，哪里像续了命的，倒像有九命！

闻言，小银子身子一颤，嗓门大得能戳破耳膜：“小姐，莫听那道人胡言乱语！”

苑金子被小银子吓了一跳，瞧着小银子脸色煞白，苑金子只得钩上她的肩，柔声安慰：“好了，我们莫管那道人了，既然出了府，小姐我就带你去城中第一酒窖，喝个痛快，不醉不归！”

话音一落，苑金子笑意一敛，这句话，她好像在哪说过……

【八】

——“你要是请我吃一顿酒，你在外面不为我正名我是你夫君一事一笔勾销。”

——“说话算数！好，那本小姐就带你去城中第一酒窖，喝个痛快，不醉不归！”

……

一整天，她脑海中都在重复这两句话。

小银子手拿鸡毛掸子，不时偷瞄一眼小姐，瞧小姐心神不宁的样子，好心疼。

“小姐，你想什么呢？”小银子适时凑近，将她面前的纸张收拾了。

“小银子，你说，我去找骊风城最有名的巫仆要一剂定心神的药如何？”苑金子轻敲着太阳穴，“一整天，我都想着有的没的。”

“小姐，那巫仆窝早被端了，她那不过都是骗人勾当……”小银子脱口而出，倏地觉得自己多嘴了。

苑金子听见了，丢下手中狼毫，追问道：“你说什么，早被端了？”此言何意？她分明记得清楚，骊风城的子民都很信奉那巫仆，那巫仆祈风调雨顺，为骊风城带来生机，一求一个准，怎么就被端了呢。

苑金子蓦地冲出屋。她越想越不对劲，整个苑府对她闭口不言，就连最疼爱她的阿爹与姐姐们都对她有意隐瞒。

她越想心中越不安。

她一路跑到巫仆所在的聚屋，早已破败不堪，不复昔日繁昌。

一记唢呐迎亲之音开道，嘹亮高亢。

小银子将愣在原地的苑金子往后一拽，以免被迎亲马队伤着。

“小银子，我记得骊风城成亲的姑娘，不都穿红纱喜服吗？”苑金子直勾勾地盯着圆顶喜轿里那抹穿着金色如麦穗的新娘子。

小银子结结巴巴，不知该作何解释。

苑金子盯着小银子：“小银子，你说实话。”

她蓦地想起来，整座骊风城不见一点赤红颜色，从前绸缎庄里最喜用红色点缀与选用红纱做刺绣，如今，倒是一点都见不着了。

巫仆的聚屋，朱红绸绣的纱裙……好似缺在了她的记忆中。

“郎君骑一彪马，为娶心爱姑娘，奉上礼金与心，一段良缘已定，却叹有缘无分……”一挎着篮的老妪姗姗而来，嘴里振振有词，“原是孽缘纠葛……”

苑金子与那老妪目光交汇，心口忽地一窒，吓得小银子一时六神无主。

心里有一记声音一直叫嚣着——剥皮、割肉、折骨、剜心，你当真无悔吗？

苑金子眼前一黑，栽倒在地……

【九】

苑金庄去瞧了金子一眼，见她无大碍，才回到书房，从最底层的木箱里抽出一生辰八字，与一幅画像。

思忖了良久，他下定了决心，命人将这些都拿去烧了。

她心心念念，找了许久的朱红绸绣，共有两件，她阿娘的确留给她一件朱红绸绣的常服做嫁妆，还有一件，便是她所嫁之人、娶她为聘，为她做了一件朱红绸绣的婚服……

三年前，金子及笄当日，一位顾姓少年郎登门提亲，他见这少年郎长得俊俏、做事踏实、行事端正，又与金子两情相悦，便应下了这门亲事。

哪知，成亲当日，却遭了事。

原来，那顾家少年郎并非寻常人家的子弟，竟是地府阎王的次子，他及弱冠独游人间，长长见识，却与自家丫头金子不打不相识，种下了一段有因无果的孽缘。

地府阎王知晓了此事，大发雷霆，誓要夺去骊风城子民的阳寿，若非他凭一己之力，这整整一座骊风城怕是人去楼空，萧条破败。

哪知他那傻丫头，非要与管人生死的阎王斗，斗得皮骨尽毁，也不愿与那孩子阴阳两隔。

为护她，那孩子竟以自己阴寿发毒咒，愿永生永世被困混沌，守一界平安。

都是两个命苦没缘分的孩子啊！

凡人与地府之人斗，只有一死。

苑金子以凡胎肉体不管不顾，只想留住他，却受不住阎王的一记力，被狠狠甩了出去，心脉震毁，身骨皆碎。

那日，正好是庆丰节，满城皆裹金黄，麦穗轻飘。

【十】

“顾时隽。”苑金子轻喃一遍又一遍，这个名字总在她的梦里出现。

她回回唤一声这名字，便觉心口一暖，好似，他就在心里。

他会亲手为她披上一袭红衫，为她拂去青丝上的麦穗壳，纵着她在庆丰节像一匹奔腾的马儿乱窜寻乐，陪着她坐在高高的麦堆上数星星，与她一起躲在酒窖里不醉不归……

明明，他就在心里，可怎么都想不起来……

苑金子铺纸研磨，狼毫笔尖轻沾浓墨，却无从下手，明明他的脸就在脑海中，可一下笔，便忘了个干净。

想不到她年纪轻轻，记性竟差到如此了。

小银子从焚烧窖回来，眼哭得红红的，躲在门外瞧自家小姐绞尽脑汁欲作画。

她身为小姐的贴身婢女，为了小姐赴汤蹈火在所不惜，哪怕日后小姐想起来了，要怪她骂她，她都没有一句怨言。

那些凡尘过往，小姐忘了何不是一件好事？

只是，可惜了那幅画像，那是小姐未来得及送出的画像，题字：画皮画骨，难画相思。

苑金子气哉，将狼毫笔一丢，索性不画了。看来她真与琴棋书画无缘了，也与刀枪剑戟无份了，谁让她天生心脏不好，不适合动刀舞枪。

她不知道的是，她早已身骨尽碎，心脉震毁，这颗心脏，不是她的……

【十一】

地狱生死簿后记：

阎王大义灭亲，其次子阎相思化名顾时隽游历人间，与人间一女子情根深重。为免两界大乱，次子阎相思甘愿领罚，剥皮、割肉、折骨、剜心，无魂无魄发配去镇守地府边疆最冷一地，永生永世被剔除出地府，再无重见天日那一天。

【十二】

一粒相思豆，一碗孟婆汤，唯有年逾百岁、享一生平安喜乐之人才能喝。

苦汤配甜豆，是地府厚待之礼。

苑府三小姐一生都得娘家之助，得阿爹与姐姐们宠爱，桃李将至又嫁得一宠她护她的好夫君，来年诞下龙凤胎，儿孝女德，享合家团圆之乐，儿孙满堂又享了天伦之乐。

寿命终了，入地府，无愁无念，饮一孟婆汤又得一相思豆。

殊不知，相思豆乃是阎王次子的血肉提炼而成，被剔除出地府，受尽剥皮、割肉、折骨、剜心之刑，还要守在孟婆汤罐前，瞧着自己心爱之人生生世世享尽平安喜乐，无欲无求饮下一碗孟婆汤，忘却今生，去往来世。

亲眼送心爱之人入轮回转世，只是，自此每一世，都不会再有他的记忆……

可为这一眼，他甘愿交出自身血肉，毁容毒哑，永生永世烂在这暗无天日的地府，只盼她去往光明。

图书在版编目（CIP）数据

岁岁长相思 / 小花阅读著. -- 南昌 : 百花洲文艺出版社, 2020.6
ISBN 978-7-5500-3729-8

Ⅰ. ①岁… Ⅱ. ①小… Ⅲ. ①故事 - 作品集 - 中国 - 当代 Ⅳ. ①I247.81

中国版本图书馆CIP数据核字(2020)第078990号

岁岁长相思

小花阅读 著

责任编辑 余丽丽
特约编辑 封 言
封面设计 颜小曼
内页设计 孙欣瑞
特约绘制 龙轩静
出 版 者 百花洲文艺出版社
社 址 江西省南昌市红谷滩世贸路898号博能中心A座20楼 邮编：330038
电 话 0791-86895108（发行热线） 0791-86894790（编辑热线）
网 址 http://www.bhzwy.com
E-mail bhzwy0791@163.com
经 销 全国新华书店
印 刷 长沙鸿发印务实业有限公司
开 本 880mm×1230mm 1/32
印 张 9.125
字 数 186千字
版 次 2020年6月第1版
印 次 2020年6月第1次印刷
书 号 ISBN 978-7-5500-3729-8
定 价 36.80元

赣版权登字：05-2020-56